KARLA SUÁREZ

Silencios

punto de lectura

Karla Suárez (La Habana, 1969). Es ingeniera electrónica. Ha publicado los libros de cuentos *Carroza para actores* (2001) y *Espuma* (1999) y las novelas *La viajera* (2005) y *Silencios* (Premio Lengua de Trapo, 1999). Además, en 2007 ha publicado *Cuba, les chemins du hasard* y *Grietas en las paredes* en colaboración con los fotógrafos Francesco Gattoni e Yvon Lambert respectivamente. Sus novelas han sido traducidas a varios idiomas. Muchos de sus relatos han aparecido en antologías y revistas publicadas en diversos países. Dos de sus cuentos fueron adaptados a la televisión cubana y uno fue llevado al teatro, también en Cuba. Actualmente colabora con el diario *El País* y *Milenio* (México). En 2007 fue seleccionada entre los 39 escritores jóvenes más representativos de América Latina. Después de vivir unos años en Roma, actualmente reside en París.

KARLA SUÁREZ

Silencios

Título: Silencios
© 1999, Karla Suárez
© Ediciones Lengua de Trapo S.L., 1999
© De esta edición:
2008, Santillana Ediciones Generales, S.L.
Torrelaguna, 60. 28043 Madrid (España)
Teléfono 91 744 90 60
www.puntodelectura.com

ISBN: 978-84-663-2233-1
Depósito legal: B-45.207-2008
Impreso en España – Printed in Spain

Imagen de cubierta: Txomin Arrieta

Primera edición: noviembre 2008

Impreso por Litografía Rosés, S.A.

A Jorge Navarro

No es que le falte el sonido,
es que tiene el silencio.

CHARLES CHAPLIN

La casa grande

Cuando yo tenía seis años, mi padre decidió irse a dormir a la sala. De aquello no recuerdo mucho, salvo el portazo en la puerta del cuarto y los llantos apagados de Mamá, durante las horas siguientes.

Vivíamos en casa de mi abuela, un apartamento grande lleno de cuartos con mundos diferentes; el de la abuela, una tía soltera, un tío masajista y nosotros tres, antes de Papá mudarse para la sala.

Mi madre era una argentina que en los sesenta había decidido venir a La Habana a estudiar teatro, ahí se hizo amiga de mi tía, que empezó por el teatro, y luego pasó a la danza, de ahí la literatura y así, siempre buscándose, como decía ella, o perdiéndose, como decía la abuela.

Por mi tía, Mamá llegó a la casa grande y conoció a Papá, que en aquel entonces era un joven oficial del ejército, de esos que dieron el paso al frente y lucían el uniforme que tanto gustaba a las muchachas, sobre todo a las progresistas como Mamá, que quedó profundamente enamorada y renunció a su nacionalidad para que mi padre no se sintiera incómodo por andar con extranjeras. Para la familia de Mamá, en el sur de América, esta decisión

significó renunciar a ellos como familia, y entonces determinaron por su cuenta romper relaciones con la hija renegada. Para mi abuela, en cambio, el hecho de aceptar a una mujer viviendo en casa con su hijo, sin matrimonio previo, significaba una vergüenza, y fue por eso que decidió, también por cuenta propia, renunciar a su nuera. Así fue que Mamá comenzó a vivir su romance sin la anuencia de nadie, pero absolutamente convencida de su amor y de su amistad con la tía. El tío no contaba porque no tenía buenas relaciones con Papá. Desde mucho antes de mi nacimiento, Papá y el tío apenas se dirigían la palabra. Así es que Mamá, persuadida por su marido, asumió una cierta frialdad e indiferencia en el trato hacia su cuñado.

Yo crecí rodeada de adultos totalmente diferentes. Mi abuela tenía cuatro hijos, uno mayor que siempre había sido el preferido y que ocupó casi el lugar del abuelo, después de que éste se marchó de casa. Eso ocurrió mucho antes de mi nacimiento, así es que al abuelo nunca lo conocí, y lo cierto es que en casa estaba prohibido mencionarlo. Él un día abandonó a la abuela y el hijo mayor se mudó para el cuarto de su madre y le sirvió de sostén hasta que decidió casarse e irse a vivir a otro sitio, entonces la abuela declaró la guerra a la mujer que se llevaba a su primogénito y volcó todo su amor en mi padre, que era el más pequeño. Mi padre prometía una gloriosa carrera y se convirtió en cómplice y confidente de su madre cuando ambos decidieron odiar abiertamente al primogénito, el día que decidió irse a vivir un poco más lejos y de tan lejos se fue a Miami con su mujer. Claro que todo eso ocurrió antes de aparecer yo en la familia

porque, en cuanto mi madre se mudó a casa, la abuela se vio en la obligación de despreciar a su hijo militar, puesto que éste al parecer no tenía intenciones de legalizar su estado civil. En esos momentos pienso que la abuela pasó una situación difícil, debía escoger entre la tía, que era la segunda, y el tío tercero. Con la tía sus relaciones nunca fueron las mejores porque ella era la preferida del abuelo y siempre que la dueña de casa intentaba referirse a su ex marido con tono de desprecio, enseguida saltaba la tía para defenderlo con palabras que debían resultar mágicas, porque la abuela cerraba la boca inmediatamente y cambiaba la conversación. Con el tío tercero también había problemas, no sólo que mi padre no le hablara, sino que existía algo en la familia que nadie se atrevía a pronunciar. Sé que antes de Mamá, mi padre y el tío compartían el mismo cuarto, hasta que un día la abuela determinó que él se iría a dormir al pequeño cuartico junto a la cocina, claro que en esos momentos Papá seguía siendo el preferido y cuando yo nací, el tío hacía rato había fundado su reino, lejos de todos, allá en el fondo.

La abuela pasó unos años sin hijo predilecto, hasta que un buen día, antes de Papá irse a dormir a la sala, el tío decidió que se dedicaría a hacer masajes. Así la casa comenzó a ser frecuentada por jovencitas que llegaban a la sala, le sonreían a la bebita que era yo, y atravesaban la cocina para irse donde el tío y sus masajes. Para la abuela esto fue como una iluminación y entonces terminó su debate centrando todas sus fuerzas en el hijo masajista, que cada día llegaba a casa con flores y caramelos para ella.

Hasta ese momento, quizás mi instinto infantil mantenía la esperanza de ser acunada por una abuela que cantara canciones de cuna y me durmiera en su regazo, pero la selección del tío hizo trizas mis sueños. Yo era una bastarda, nacida fuera de matrimonio y, además, hija de extranjera; en fin, que tuve que conformarme con los brazos de Mamá y la tía, que en cuanto me hacía pipí me soltaba aludiendo a que el orine de los niños le daba coriza. En cuanto a Papá, lo veía poco; él tenía muchísimo trabajo y por eso Mamá colgó en mi cuna una foto suya. Cada noche, antes de dormir, me hacía tirarle besitos a la foto y luego me regalaba todo un concierto de canciones que en la voz de Mamá sonaban dulces y me llevaban al letargo. Dice ella que la primera palabra que dije, después de Papá y Mamá, fue fusil, y es que mis canciones no hablaban de ositos y mariposistas tiernas; Mamá cantaba de fusiles y muertes y cuando se ponía a conversar con la tía, tarde en la noche, junto a mi cuna, sólo escuchaba palabras raras y disonantes, entonces me ponía a gritar, porque al final era el único lenguaje que conocía para estar a tono.

El cuarto de la casa que más me gustaba era el de la tía. Allí trasladaron sus conversaciones nocturnas cuando yo ya caminaba. Ellas se ponían a hablar mientras yo recorría el espacio agarrando todo lo que viera a mi alcance, libros, muñequitos, tazas, lápices, artefactos raros, la tía tenía un montón de cosas y se ponía muy nerviosa cuando algo decidía romperse en mis manos. Allí me aprendí las palabras *mierda* y *carajo*, que sonaban muy bonitas y ellas usaban con frecuencia. Me gustaba también el radiecito del cuarto, la tía a veces subía el volumen y se ponía a desafinar, entonces era una fiesta porque las tres nos encaramábamos en la cama para dar saltos hasta que se escuchaba la voz de la abuela del lado de allá, golpeando la puerta, y había que quedarse calladitas aguantando la risa. Un rato después, Mamá me obligaba a hacer silencio para atravesar el pasillo hasta nuestro cuarto, tirarle los besitos a la foto de Papá y acostarme, pero me costaba trabajo dormir porque ella pasaba casi toda la noche con la lamparita encendida leyendo cualquier libro. Mi mundo era entonces el cuarto de la tía y el nuestro, porque Mamá había determinado que la sala era territorio vedado después de una larga discusión con la abuela a causa de las dos o tres meadas que solté encima del sofá o de cualquiera de las jovencitas que venían por los masajes del tío.

Hasta esos momentos todo marchaba bien. Mi familia resultaba perfectamente coherente, tenía un padre que solía dejarme regalitos encima de la cuna, una madre que cantaba canciones, una tía divertidísima, una abuela peleona, como casi todas, y un tío con muchas amistades.

Yo era feliz. El día lo alternaba entre mi madre y la tía, que era cuando más me gustaba, porque ella se ponía a escribir en la máquina y yo podía coger todo lo que quería, jugar con sus cosas, encaramarme en la cama y ella allí escribiendo sin regañarme apenas. Yo hacía lo que me daba la gana y ella sólo se acercaba, de vez en cuando, cuando sentía algún olorcito incómodo; entonces me cambiaba y tiraba el blumercito en una palangana que luego entregaba a Mamá quejándose porque el olor a caca infantil le provocaba náuseas. Por aquellos primeros años, mi tía era literata y permanecía muchas horas en casa, por eso Mamá solía dejarme a su cargo, alguna que otra vez. El resto de los días eran viajes con Mamá de aquí para allá, a lugares llenos de gente que hablaba mucho, salas de ensayo donde todos me regañaban o me pasaban de mano en mano, según estuvieran de ánimos, pero también resultaba divertido porque a veces me daban algún muñeco o una máscara y yo podía jugar toda la tarde.

Una noche ocurrió algo terrible. Estábamos en el cuarto de la tía y ellas conversando como de costumbre; de repente mi tía se levantó furiosa declarando algo así como «realismo socialista» acompañado de «reverenda mierda». A Mamá esto evidentemente no le gustó, porque levantó en cólera y comenzó a gritar acentuando las palabras más que de costumbre. Yo me aparté a un rincón sin entender nada y las vi pelearse, casi a punto de golpes, hasta que Mamá me tomó por el brazo, dijo que mi tía era una idiota y que en ese cuarto no entraba nunca más. Esa noche no tuve que tirarle los besitos a la foto de Papá, claro que tampoco pude dormir. Ella se la pasó dando vueltas, mirando el reloj y Papá sin regresar. Yo estuve haciéndome la dormida todo el tiempo, acurrucada bajo las sábanas, y fue la primera noche que presencié el regreso de mi padre. La puerta se abrió y él entró sigilosamente tratando de no hacer ruido, hasta que tropezó con la mirada de Mamá desde la cama.

—Si me venís con que andabas de guardia otra vez te arranco las pelotas.

Papá hizo un gesto de cansancio y dijo algo de irse a la sala, para no despertar a la niña. Pero Mamá se levantó furiosa agregando que le importaba una mierda si la niña escuchaba o no, que estaba harta de andar escondiéndose en la sala para que la abuela y la niña no escucharan, estaba harta de todo y de esa familia de locos, de las guardias de Papá, las idioteces de la abuela, el tío reivindicado y para colmo la tía autosuficiente y medio gusana. Esa noche descubrí que después de las canciones que ella me cantaba, se quedaba despierta esperando el regreso de mi padre para irse a la sala a discutir. También descubrí que no todo andaba tan bien como yo pensaba.

A partir de esa noche, Mamá y la tía no volvieron a hablarse y no hubo más visitas nocturnas a la sala. Yo me dormía y, con los primeros gritos apagados de Mamá, despertaba para taparme los oídos con la sábana, y cuando se ponía la cosa fea, entonces empezaba a llorar, muy fuerte, muy fuerte, hasta que la abuela golpeara la puerta exigiendo silencio y quejándose porque en esa casa ya ni dormir se podía. Entonces la tía, desde su cuarto, aprovechaba el alboroto para encender el radiecito, mi madre me cargaba, mientras mi padre golpeaba con fuerza la puerta de su hermana reclamando respeto y la abuela se iba a despertar al tío, que era el único que la consideraba, el único decente que vivía en su propia casa.

Fue por todo eso que mi madre se echó a llorar el día en que mi padre decidió irse a dormir a la sala. Yo tenía seis años y pasé casi treinta horas sin comer porque mi madre lloraba y lloraba, se sonaba los mocos y lloraba sin parar, desconsoladamente, tiraba los pañuelos mojados al piso y luego se secaba con las sábanas para seguir llorando, hasta que todo estuvo empapado y sólo quedaron mis sábanas secas. Mi madre me miró, descubrió mi mirada y el llanto se cortó repentinamente.

—Ya no lloraré más, nena, te lo prometo.

Y no lloró más, pero tampoco hizo más nada. Fue entonces cuando compró aquel tocadiscos de uso y comenzó a escuchar los tangos. Abandonó el teatro, dejó de hablarles a todos en casa; sólo salía del cuarto cuando lo consideraba imprescindible y de vez en cuando para llevarme al parque y tomarse un traguito en el bar de la esquina. Mi madre sólo escuchaba tangos y me ayudaba a crecer. Cuando mi padre le dirigía la palabra, ella escribía en un papel lo que entendía pertinente, sólo eso y volvía a sus tangos. Yo la observaba callada y me juré entonces que nunca lloraría así, nunca mostraría mis lágrimas porque detrás del llanto sólo había un tango y eso me daba ganas de llorar y no quería, nunca, nunca lloraría de esa forma, por nada, ni por nadie, ni siquiera por lo que en aquel entonces apenas podía comprender. Yo crecí escuchando las palabras que los otros se decían entre ellos, los silencios de mi madre y las letras de los tangos, mis canciones de infancia, aquella que tanto repetía:

… cuando todas las puertas están cerradas
y ladran los fantasmas de la canción,
Malena canta el tango con voz quebrada,
Malena tiene pena de bandoneón…

18

Mi madre escuchaba tangos

Una de las cosas a las que nunca temí desde mi infancia fue a la oscuridad; más bien, me gustaba. En casa me acostumbré a andar a hurtadillas, como casi todos.

Pasaba el día en la escuela, un semiinternado que quedaba cerca. Todas las mañanas Mamá me dejaba allí y regresaba a buscarme a las cinco de la tarde. Ella dormía todo el tiempo que yo estaba fuera. Llegar a casa era lo que menos me gustaba, porque la abuela andaba dando vueltas y yo debía sentarme frente al televisor, sin molestar. Mamá decía que a la primera queja de la abuela quedaba prohibido el televisor. Era incómodo. A veces prefería que mi madre estuviera de ganas para llevarme al parque y allí pasábamos todo el tiempo en que la abuela terminara de cocinar y hacer sus cosas. Yo podía correr mientras Mamá esperaba sentada en un banco leyendo cualquier libro. Al regreso pasábamos por el barcito de la esquina para que ella bebiera algo, y luego a casa a prepararme la comida. A decir verdad comíamos muy tarde, las dos sentadas a la mesa, yo hablando todo el tiempo y ella sonriendo y apurándome para no tropezarnos con el tío cuando estuviera de regreso.

A mi padre lo veía poco. Llegaba muy tarde, como siempre, y se marchaba bien temprano. A veces quería verlo y por tanto debía esperar calladita en el cuarto a que Mamá cerrara los ojos para escuchar la música que más le gustaba. Entonces me levantaba sigilosa y salía del cuarto, andando despacio sin encender ninguna luz. Atravesaba el pasillo pasando por el cuarto de la tía que solía estar despierta escribiendo en su máquina que hacía mucho ruido. Yo llegaba a la sala y me gustaba acostarme en el sofá donde Papá dormía, abrazaba sus sábanas y entablaba largas conversaciones con las sombras hasta que me entraba sueño y regresaba al cuarto, cuidando de no hacer ruido. Mamá siempre estaba allí. Acostumbraba a dormir de día y pasarse la noche despierta escuchando tangos, siempre muy bajito para que la abuela no fuera a formar una de las suyas. Ella se quedaba quieta y a veces daba la impresión de estar muerta, semidesnuda y tendida encima de la cama, con los ojos cerrados, moviendo apenas los labios, marchándose, quién sabe si a las tierras de donde vino, allá con sus gauchos y su bandoneón.

Tengo la impresión de que mi vida fue un sueño hasta que Papá decidió mudarse para la sala. Quizás fue que empecé a crecer y me faltaban las palabras que nadie dijo nunca. El hecho es que la casa y todo lo que se movía en torno a ella empezó a resultarme diferente. El cuarto de la tía, por ejemplo, seguía pareciéndome interesante aunque Mamá me tuviera prohibido entrar. A veces en las noches me sentía tentada a tocar en la puerta, sabía que la tía no se negaría a abrirme, pero me daba un qué sé yo que Mamá se sintiera traicionada por mí, por eso permanecía parada esperando a que la puerta se abriera, pero esto no ocurría, la tía tecleaba y tecleaba sin parar y yo me marchaba dejándola en su mundo. El cuarto del tío, que hasta ese momento había sido territorio privado, comenzaba a intrigarme; cierto es que nunca había entrado y él tampoco había hecho la invitación, pero no debía tener nada de malo un cuarto que era frecuentado por montones de personas diariamente. De lo que sí estaba totalmente aburrida era de mi cuarto, allí sólo estaba Mamá escuchando tangos o leyendo, despeinada, sin maquillaje, no como las madres de mis compañeras de escuela, ni como ella misma unos años atrás.

Mi madre era una mujer hermosa, tenía la piel muy blanca, el pelo castaño y lacio, los rasgos finos y unos ojos excesivamente azules que saltaban encima de cualquier cosa a pesar de las ojeras de aquellos tiempos y su delgadez. En cambio yo…, no podría afirmarse que era una niña hermosa, eso lo sabía por el espejo, y a medida que mi cuerpo comenzaba a definirse, todos notaban el enorme parecido que tenía con mi padre. Era una niña muy flaquita: mi madre me hacía tomar vitaminas con cada comida para no parecer enferma; de ella había heredado únicamente la piel muy blanca y los ojos azules, lo demás era de mi padre. Extrañamente para mí, él era el único de sus hermanos que no tenía el pelo lacio. Cada día, antes de llevarme a la escuela, mi madre me paraba ante el espejo para desenredar mi pelo enmarañado, afirmando con despecho, en cada cepillada, que yo era el vivo retrato de mi padre, sus mismos gestos, la misma mirada con diferente color, los labios gruesos que logran ahora gracias a la silicona, la misma manera de colocar las manos en mi estrecha cintura. Yo era mi padre en tonos

21

claros, y ella se esmeraba en mantenerme el pelo bien cortico y cepillarlo, cepillarlo, hasta dejarme caliente el cuero cabelludo, todo inútilmente porque a mi regreso ya traía los crespos enredados como de costumbre. Para mí, el problema del pelo se convirtió en un misterio, todos en casa, excepto Papá y yo, llevábamos el pelo crespo, y en la escuela, casi todas mis compañeras, excepto yo, podían usar esos peinaditos de niñas a la moda; en fin, que el problema del pelo pasó a formar parte de los cientos de interrogantes que nacían cada día.

Para mí, parecerme a mi padre no era ningún problema, pero esto a mi madre le molestaba mucho, sobre todo cuando me escuchaba hablar imitándolo después de haber salido juntos. Algunos domingos, él solía ir a buscarme al cuarto, bien temprano para irnos de paseo; a veces me llevaba a la casa de amigos suyos y se ponía a conversar y a beber mientras la señora de casa me invitaba a batidos y cosas que me gustaban. Una vez le preguntaron por su esposa y él contestó que se había quedado en casa porque no se sentía bien. A mí eso me pareció un absurdo y entonces lo miré asombrada y dije que Mamá nunca salía con nosotros porque ella escuchaba tangos. Papá sonrió pasándome la mano por la cabeza y, cuando salimos, me sentó en un murito y explicó muy lentamente que en la vida nunca debía decirse toda la verdad porque ésa no le interesaba a nadie; en la vida sólo había que decir la mitad de la verdad para no herir a la gente. Su razonamiento me pareció correcto, además él sabía más que yo y entonces fue cuando comencé a decir, no mentiras, sino parte de la verdad, solamente eso. Una vez al regresar de la escuela, Mamá venía más seria y callada que de costumbre, cuando entramos al cuarto, me sentó en la cama y se colocó a mis pies.

—Vos le mentiste a la maestra.

No sabía de qué me estaba hablando, y entonces contó. Yo había dejado de ir a la clase de Matemáticas porque después del recreo me había quedado subida en una mata observando un nido de pajaritos. Cuando la maestra preguntó, dije que había tenido que ir a casa porque mi madre no se sentía bien, tenía una enfermedad que sólo se adquiere en Argentina y por eso no podía dormir en las noches. La historia me pareció perfectamente coherente, sólo que a la maestra no, y encima de todo una de las niñas del aula dijo que me había visto subida en un árbol. Mi madre se sorprendió, pero más me sorprendí yo cuando pidió perdón y dijo que sí, estaba enferma, pero su enfermedad acababa de terminar.

Esa noche esperó a mi padre y tuvieron una larga discusión que intenté escuchar escondida en el pasillo. A partir de ese día, el tango nocturno desapareció y ella comenzó a dormir de noche. Durante el día escuchaba tangos o salía por ahí, no sé adónde, y por las tardes se tendía conmigo a ayudarme en las tareas, y entonces comenzó a hablar. Contaba historias de Argentina, de cómo conoció a mi padre, historias de la abuela. Yo ya tendría unos diez años cuando supe por qué un día él decidió irse a dormir a la sala y ella se encerró. Entonces me sentí muy confundida, mi madre contaba la verdad, él llegaba tarde a casa porque andaba con mujeres, de fiesta y bebiendo por ahí, por eso nunca podía verlo. El día que mi madre me lo dijo no supe a cuál de los dos odiar, si a él con sus verdades a medias o a ella con su absoluta verdad.

Al final alguien siempre queda herido y yo hubiera preferido seguir tirándole besos al hombre de la foto, porque era la mentira en la que yo creía. Entonces descubrí que mentir era mi signo, pero si iba a mentir tendría que hacerlo bien, muy bien. De mi padre había heredado el don de la mentira, de mi madre las cualidades histriónicas para representarla; estaba sin dudas absolutamente preparada.

La vida de mi madre cambió progresivamente. Comenzó a sonreír, hablar de literatura y teatro. Yo estaba crecidita y ella podía salir, ni siquiera tenía que ir a buscarme a la escuela porque ya me dejaba cruzar la calle sola. Sus cambios me parecían bien porque yo también cambiaba. En la escuela ya no hablaba tanto con mis compañeras, porque eran unas chismosas y siempre andaban detrás de la maestra para decirle cualquier cosa. Yo me sentaba última en la fila y andaba sola. En casa podía merodear un rato por las noches, y era buenísimo porque hubo una época en que Mamá acostumbraba a salir con bastante frecuencia, se vestía, y hasta se maquillaba, revisaba mi tarea, me daba un beso y decía que se iba a la casa de Dios. La idea de mi madre visitando la iglesia me resultaba un poco ilógica, pero la aceptaba porque una cosa que aprendí fue que para no escuchar algo que no se desea, es fundamental no preguntar lo que no se dice. Esas noches caminaba por el pasillo, hasta que decidí tocar en la puerta de la tía. Hacía años no entraba allí y me recibió como de costumbre, sus diferencias eran con mi madre, no conmigo, yo ni siquiera sabía qué era el «realismo socialista». Entonces la tía se ponía a hablar, ya en esa época había abandonado la literatura y se dedicaba a la investigación musical, hasta compró un tocadiscos y yo pude conocer a Mozart y a Chopin, Beethoven, tirarme en el piso y estremecerme cuando Tosca asesina a Scarpia y repetir a coro «e avanti a lui tremava tutta Roma», era fantástico, sólo que tenía que marcharme antes del regreso de Mamá.

Papá continuaba trabajando mucho, y el tío había abierto su espectro, ya no sólo daba masajes a muchachas, ahora lo hacía para ambos sexos, cosa que la abuela no aprobaba mucho aunque mantuviera su postura de hijo preferido.

Una vez estando recostada al balcón de casa de la única compañerita que no consideraba chismosa, vi a mi madre salir del edificio de enfrente acompañada de un hombre, un tipo barbudo y corpulento. Mi amiguita también la vio y agregó que el tipo era su vecino, un escritor, según decían en el barrio, borracho y mujeriego como todos los escritores. Ese día me di cuenta de que Dios no estaba en la iglesia sino en el edificio de enfrente. Varias semanas después, mi madre llegó a casa unos instantes antes de yo haber tenido la audición de *El trovador* en el cuarto de la tía. No se sorprendió al encontrarme despierta porque realmente era una costumbre heredada de ella, así es que me invitó a escuchar un tango.

—Escucha, nena, qué lindo...

Comenzó a quitarse el maquillaje mientras tarareaba un tango triste, me acerqué y pregunté si había ido a la casa de Dios.

—Vení, mi dulce niña, Dios está dentro de nosotros mismos...

Mi madre me abrazó y supe que volverían los tangos, porque uno siempre retorna a la semilla. Cuando todo se derrumba y el mundo se vuelve absurdo, uno siempre se queda con ese extraño instinto de acurrucarse sobre sí, casi abrazando las piernas para quedarse dormido esperando el nacimiento.

Una tía soltera

No es que yo detestara la música argentina, pero esa manía de mi madre de escuchar tangos comenzó a molestarme, entonces fue cuando empecé a pintar.

Las noches de mi cuarto eran la lucecita de la lámpara de noche y mi madre junto a ella, tendida, con aquel casi susurro de su tocadiscos viejo, aquella melancolía asqueante, amores perdidos u olvidados, y el mutismo de mi madre. Todo aquello me hacía sentirme incómoda, porque, además, sabía de sobra que ella no dormiría en toda la noche y yo no podría salir a deambular, ni meterme en el cuarto de la tía; entonces empecé a pintar. Pintaba todo lo que veía en el cuarto, una mujer sombría que de madrugada levantaba la vista para preguntarme qué tanto hacía yo metida en aquel cuaderno.

—Yo pinto, tú escuchas tangos y yo pinto.

—La vida es como un tango, nena, tenés que aprender eso.

Y entonces continuaba hablando de la vida, fijaba la mirada en el techo y hablaba de mi padre, que por aquel entonces andaría metido en otro tango y otras sábanas, porque yo procuraba revisar las suyas todas las mañanas y siempre iguales, sin muestras de uso, sin marcas de presencia, salvo los domingos en la mañana cuando la abuela intentaba barrer debajo del sofá y mi padre se levantaba furioso diciendo que en esa casa ya no había espacio para él, entonces agarraba la camisa y se largaba a sentarse en la escalera del edificio. Yo acostumbraba a seguirlo, me sentaba junto a él, y le contaba de la escuela, decía cualquier cosa hasta que se calmara un poco; entonces comenzaba a hablar. Hubo un tiempo en que de repente todos empezaron a hablar; mi padre sólo decía frases vagas, murmuradas muchas veces en ruso. Yo trataba de ordenar las palabras sin poder comprenderlo, hasta que me pasaba la mano por el pelo agregando que yo era lo único que servía en esa casa y por eso me invitaba al barcito de la esquina, donde podía comer cualquier cosa y él desayunarse un aguardiente, para animar el día. La situación resultaba buena, porque al cuarto trago ya el día se animaba, mi padre comenzaba a cantar en ruso, y el dependiente servía limonada gratis para mí.

Mi madre no sospechaba nada de esto porque sólo escuchaba tangos, entonces yo volvía al cuarto y me sentaba a pintar a mi padre, callada en una esquina, pintaba y pintaba sin cesar. Era bueno. A veces pasaba todo el día allí, pintándolo todo, la casa, la familia, mi abuela peleando, mi tía soltera. Mi tía siempre había sido soltera y eso me llamaba la atención, sobre todo porque después que Mamá y ella tuvieron problemas y Mamá comenzó a hablar, sólo decía que mi tía era una frustrada, solterona y medio gusana. Eran los ochenta, yo ya había aprendido en la escuela que *gusano* se le decía a los que se iban del país. Cerca de mi escuela habían abierto una oficina adonde acudían todos los que querían irse de Cuba, a nosotros nos paraban en el patio para gritarles «escoria» o «gusanos», o nos incitaban a tirarles huevos a sus casas, y eso era bien divertido, pero mi tía no se fue por el Mariel, ni nada de eso, y salvo por su delgadez no le veía semejanza con esos bichos asquerosos.

Una vez le enseñé uno de los dibujos que había hecho de su cuarto y se puso muy contenta, dijo que yo tenía talento para la pintura y sé que mintió, pero colgó el dibujo en una de sus paredes y ahí permaneció acompañando los cientos de carteles tapizados por el polvo y las telas de araña que crecían día a día dentro de su habitación.

Mi tía siempre resultó un personaje interesante. Estaba flaca y siempre usaba ropa medio rara, con cordones colgando de su cuello y siempre fumando y diciendo alguna cosa interesante. En la época de los conciertos en su cuarto, era divertido, porque ella se tiraba en la cama, cerrando los ojos, y se entregaba a la música mientras yo podía jugar con todo. Lo único que no podía tocar era una copa que guardaba encima del librero; decía que era una copa encantada, la copa de la buena suerte, pero sólo su encantador podría tocarla. Lo demás era accesible. Yo jugaba a disfrazarme. Ella tenía una peluca puesta encima de una cabeza de maniquí, yo me ponía la peluca, pintaba mis labios, me colgaba sus collares y luego tomaba cualquiera de los sombreros llenos de polvo que pendían de una de las paredes; entonces danzaba con aquella música celestial salida del viejo tocadiscos, y era bueno, porque podía volar, alcanzaba la ventana y me largaba lejos, regresaba para mirarme en el espejo y cambiarme de sombrero, mientras ella se levantaba, cambiaba el disco, decía cualquier cosa y se daba un trago. La tía siempre tenía algo de beber, guardaba encima del librero, junto a la copa encantada, un montón de botellas de diferentes diseños y etiquetas que iba llenando aleatoriamente con cualquier licor comprado en el barcito de la esquina. Eso me gustaba, eso y su manía de esconder los cigarros en cualquier sitio. A veces terminaba una caja y jugábamos a encontrar el escondite, yo buscaba entre los libros, discos, cajitas, dentro de las botellas vacías. La primera que encontrara uno tenía derecho a escoger la próxima audición. Era divertido. Pero todo eso desapareció cuando Mamá volvió a sus tangos y su lamparita nocturna.

Yo empecé a molestarme. Una noche me puse a pintar y a tararear la novena sinfonía una y otra vez, el mismo pedacito, mientras pintaba y subía el volumen de mi voz, sólo mirando el papel. En una de ésas Mamá se levantó y preguntó qué pasaba.

—Pinto y canto —eso respondí.

—Lo hacés para molestarme, sos igual que tu padre.

Entonces me levanté y dije que iba a la sala a pintar. Mamá se puso un almohadón en la cara y dijo que todos la dejaban sola, huían de ella, y yo era igual que todos, igual que esa familia de locos. Cerré la puerta porque en verdad no tenía nada que responder y atravesé el pasillo silenciosa. Al pasar por el cuarto de la tía escuché un ruido extraño, como un cristal chocando contra algo, y luego unos sollozos agitados. Pensé tocar en su puerta pero sentí miedo y me fui a la sala a pintar. Pinté una botella rota. Luego me aburrí y me tiré en el sofá un rato para jugar a hacer dibujos con las sombras de mis manos en el

techo. Al rato sentí unos pasos en el ~~~
y caminé hasta el cuarto de la tía; la ~~~
ta y entré. Adentro todo estaba reg~~~
cama revuelta, llena de libros, la r~~~
rada en una esquina, todo en un ~~~
siempre, y en el piso estaban los pe~~~
cantada, regados encima de un charco de ro~~~
nas manchas de sangre a su alrededor que llegaban ~~~
la puerta. Me asusté y no pude hacer otra cosa que quedarme allí parada, muy quieta, hasta que sentí la voz de
la tía a mis espaldas.

—¿Tú qué haces aquí?

Di la vuelta y ella estaba parada, mirándome muy
seria, apretándose con la mano derecha una venda que
cubría su muñeca izquierda. No supe qué decir y ella entró empujando la puerta con un pie.

—Puedes quedarte, el encantamiento se rompió y
yo me corté, eso es todo.

Mi tía fue hasta el tocadiscos reafirmando que podía quedarme y entonces escucharíamos el *Réquiem* de
Mozart, una melodía a tono con los tiempos. Bebió de la
botella que tenía a los pies de la cama y me invitó a sentarme mientras se recostaba encendiendo un cigarro.
Creo que estaba un poco ebria porque me invitó a un
trago, pero no acepté. Entonces empezó la música y ella
comenzó a hablar. Era el tiempo en que todos me hablaban, no sé por qué. Yo sólo escuchaba sin hacer preguntas, siempre escuchaba las voces de los otros. La tía contó que un día había sido más joven y se había enamorado
de un hombre casado, un profesor de la universidad, muy
respetado e inteligente; dijo que la inteligencia a veces

onable, sobre todo para los que no tenían in-
 pero tenían poder. Ella se enamoró del hom-
 de ella y empezaron una relación sin que nadie lo
 ra. Las personas mienten, eso ya yo lo sabía. Pero
 día, el hombre tuvo un problema, mi tía dijo que eran
 tiempos de cacería de brujas y no la entendí; entonces
explicó que el hombre tenía amigos, y sus amigos tenían
ideas y hablaban mucho, y un día uno de sus amigos se
fue del país y el hombre siguió siendo su amigo, pero eso
al director de la universidad y a los otros no les gustó,
entonces quisieron que él no recibiera cartas ni llamadas
telefónicas, ni fuera más su amigo, pero el hombre se negó y ahí empezó a tener problemas, hasta que un día lo
llamaron y lo acusaron de estar en contra del país y, además, de adulterio. La palabra no la entendí, pero mi tía
dijo que era lo mismo que hacía mi padre y entonces sí
entendí. Al final, al hombre lo botaron de la universidad,
la mujer lo dejó y se fue con uno de los directores, y los
otros que decían ser sus amigos dejaron de visitarlo porque ya nadie quiso tener problemas. Sólo mi tía se quedó
con él, pero él estaba muy triste, empezó a beber, y dijo
que no haría nada hasta que no reconocieran que había
sido injusto. El tiempo pasó y sus amigos se hicieron directores, y los directores ministros y su ex mujer cambió
de marido y él se volvió un alcohólico esperando justicia
y se encerró en su casa y su inteligencia se la llevó la
mierda.

Yo no entendía muchas cosas. Mi tía hablaba entre
dientes y bebía muy rápido. Dijo que él se transformó, se
fue muriendo lentamente y un día bebió tanto, tanto,
tanto, que cuando ella llegó a su casa, lo encontró desnudo

en la bañadera con las venas recién abiertas. Mi tía corrió y logró salvarlo. Luego lo internaron en una clínica para alcohólicos, pero no quiso estar más allí y volvió a su casa, a beber y escribir cartas, dice que siempre escribía cartas pero nadie respondía. Sólo ella estuvo siempre para acompañarlo, cosa que ni mi padre ni mi abuela le perdonaron nunca, aunque lo amara. Mi tía encendió otro cigarro y se quedó mirando fijamente la nada, entonces yo pensé que el amor era una cosa verdaderamente triste, mi madre escuchaba tangos, mi tía era soltera, mi abuela había sido abandonada, y yo no quería eso. Lo que quería no lo sabía, pero el amor, esa palabra era lo suficientemente triste como para yo necesitarla, y entonces decidí rechazarla.

Mi tía cambió la cara del disco, bebió nuevamente y dijo que no siempre se llega a tiempo a todos los lugares. La noche anterior, el hombre había terminado definitivamente con toda su agonía, «porque una historia de mierda», dijo, «merece un final de mierda», y entonces se echó a reír como una loca, diciendo que ella había conservado durante años la copa que él le había regalado en su primera salida, que no estaba encantada ni un carajo y no era más que una copa de mierda llenándose de polvo y cargándola de recuerdos inútiles y porquería sentimental, y para qué conservar un cristal viejo si ya los gusanos empezaban a frotarse las manos por el cuerpo aún calentico, lleno de alcohol y mierda, inteligencia putrefacta, sonsa, inútil. Mi tía me miró fijamente y dijo que no éramos más que carne de gusanos, pero había que hacer algo: ella no se iba a cortar las venas nunca, quería ser como Mozart, del que hacía casi dos siglos no quedaban ni los gusanos nietos, pero que estaba allí, en su cuarto, llenando todos los espacios, y entonces se levantó y comenzó a dar vueltas, danzando con el *Réquiem*, dando tumbos, medio borracha y riendo como una histérica. Yo me levanté asustada, pero ella me alcanzó con sus brazos y empezamos a dar vueltas hasta que cayó al piso, empezó a llorar de rodillas y yo salí del cuarto.

Caminé un tanto desorientada hasta la sala, pero descubrí el cuerpo de mi padre tendido en el sofá; entonces me senté en un rincón, tomé la libreta de mi bolsillo y pinté un gusano grande frotándose las manos. Me sentí más calmada, pero aún tenía miedo de que mi tía saliera a buscarme. Caminé de puntillas hasta mi cuarto, Mamá había apagado la luz pero se escuchaba un tango muy bajito. Me acosté a su lado y la abracé, ella me dio un beso en el pelo y preguntó si pasaba algo. Dije que no. Al cabo de un rato la volví a abrazar y murmuré entre dientes que no dejaría nunca que los gusanos le hicieran daño. Mi madre sonrió.

—No, nena, los gusanos se irán todos por el Mariel y a nosotros nadie va a hacernos daño nunca.

Un ruido tras la puerta

El día en que a Papá le dieron el carro llegó a casa muy eufórico, diciendo que nos pusiéramos bien lindas las tres, Mamá, la abuela y yo, porque nos íbamos a pasear en Lada y a comer por ahí.

Hacía ya unos meses yo veía que algo extraño se iba gestando. Papá llegaba temprano del trabajo y dormía todos los días en casa. Tendría yo unos doce años y me gustaba salir a caminar después de la escuela. A Mamá le decía que iba a estudiar en casa de mis amigas, pero yo no tenía amigas. Todas las muchachas de mi secundaria eran unas idiotas que se pintaban las uñas y hablaban de cortarse el pelo y rizárselo a la moda. Yo sonreía callada porque sabía que todas secretamente envidiaban la naturaleza de mis rizos, siempre despeinados y anárquicos pero muy a tono con los tiempos.

En la escuela todo era aburrido. Los varones mandaban papelitos a las otras que alzaban la vista orgullosas rompiendo el papel en la cara de todos para luego correr a contárselo a las demás, escondidas en el baño de la escuela. A mí todo eso me daba risa hasta el día en que a mi pupitre llegó un papel volando de algún sitio, y cuando lo abrí, encontré la palabra «marimacho». Me puse de pie en medio de la clase y muy enfadada dije a la profesora lo que acababa de ocurrir. Ese día me di cuenta de que no era tan ajena a los otros como los otros lo eran para mí. El aula se cayó de la risa y entonces supe que acababa de ganarme un mote. Decidí odiarlos a todos y hacerme la sorda cuando pasaba por algún pasillo y sentía una vocecita gritándome «marimacho», antes de las risas.

Después de este incidente la profesora de Literatura me llamó para conversar; dijo tiernamente que debía arreglarme un poco, cuidar el uniforme, sentarme con las piernas cerradas. Como ya no era la misma maestra de años atrás ni yo la misma inexperta, me puse muy seria y conté que vivía con mi madre y mi abuela. Mi abuela era muy viejita y mi madre tenía una enfermedad en los pies, a veces se ponía muy mal y mi abuelita muy nerviosa, entonces debía quedarme con ellas. En casa trabajaba mucho para ayudarlas y era por eso que andaba así, un poco descuidada. Cuando preguntó por Papá, dije con un nudo en la garganta que era un gusano y se había ido del país. Ella me comprendió al momento y se le hizo otro nudo en la garganta cuando dijo que su esposo también la había abandonado para irse por el Mariel. Ese día lloramos juntas y yo empecé a faltar a la escuela.

Mamá no sospechaba nada y se ponía muy contenta cuando me veía regresar después de haber pasado la tarde estudiando con una amiga. Un día no la encontré al llegar a casa. Pregunté a la abuela y dijo de mala gana que Mamá y Papá habían salido juntos. Resultaba extraño pero lo cierto es que a partir de aquel día Papá empezó a tocar en nuestra puerta. A veces llegaba y la encontraba a ella vestida, sin sus tangos. Nos poníamos a hablar de la escuela y ella a explicarme que las Malvinas eran unas islas que pertenecían a su tierra y que estaba muy triste y preocupada por las noticias de la radio. Yo apenas escuchaba la radio y a decir verdad las Malvinas me importaban un comino, pero a Mamá no. Cuando llegaba Papá, me daba muchos besos, y se sentaba en la cama para hablar del imperialismo yanqui y los derechos de los pueblos. Yo los miraba conversando y se veían bien, hasta que en algún momento Papá le sonreía a Mamá y ella decía:

—Volvemos enseguida, nena.

Y se iban juntos. Yo no me atrevía a preguntar y así esperé hasta que un día Mamá se sentó y dijo que ellos habían estado hablando, mi padre en verdad había cambiado mucho y quizás fuera justo intentar rehacer la vida, aunque ella aún estaba confundida. Me preguntaba si rehacer era la palabra: yo nunca rehacía un dibujo, si no me gustaba hacía otro, ése ya no servía más. Pero Mamá seguía como hablándose a sí misma mientras yo pensaba que con tal de salir de los tangos cualquier cosa me venía bien.

Mi padre, por su parte, insistía en salir conmigo los domingos, pero entonces eran todos los domingos. Salíamos a caminar y él comenzaba a hacer cuentos de cuando estuvo en la Unión Soviética, se entusiasmaba tanto que empezaba a cantar en ruso y hasta quería enseñarme las canciones. Yo hacía como que reía y me erizaba completa cuando llegábamos al barcito de la esquina, él había dejado de beber y entonces pedía limonadas, mientras me mostraba al dependiente como si éste no estuviera harto de verme la cara. Mi padre hacía notar orgulloso lo mucho que nos parecíamos físicamente y me invitaba cantar aquello que decía:

Ochi chorniye, ochi stratniye, ochi zhguchiye y precrasniye...

No sabe cuánto llegué a detestar esa canción, sin embargo debía seguir allí, y al llegar a casa Mamá preguntaba si la había pasado bien y yo mentía.

El día en que Papá compró el carro, la abuela abrió los ojos muy grandes cuando él hizo la invitación de irnos a comer los cuatro juntos, pero enseguida fue a cambiarse de ropa. Anduvimos de paseo por la ciudad, la abuela delante y Mamá y yo en el asiento trasero. Al caer la tarde fuimos a comer a un sitio de militares que quedaba en la playa. La abuela se veía muy contenta y hasta aceptó la cerveza que Papá pidió para hacer un brindis al final de la cena. Entonces dijo que era el momento de la gran noticia. Se puso de pie, me miró, miró a la abuela, luego a mi madre, y dijo que habían decidido casarse. A la abuela le salió la cerveza por la nariz, mi madre se levantó a auxiliarla y ella dio tal manotazo en la mesa que la cucharita del postre salió volando para darle en la cabeza al niño de la mesa de al lado, que empezó a chillar. Mamá fue a auxiliar al niño y Papá se acercó a su madre que echaba cerveza por los ojos y por la nariz. El dependiente pensó que a la vieja le había dado un soponcio y llamó al médico, que acudió deprisa para tomarle la presión. El niño de la mesa de al lado chillaba horriblemente mientras mi madre discutía con sus padres y yo aprovechaba para tomarme su helado.

Cuando todo terminó y el médico logró hacer que la abuela escupiera el granito de arroz que tenía atragantado en la garganta, ella se levantó y dijo que necesitaba aire. Regresamos en silencio, la abuela recostada recibiendo el aire de la ventanilla y yo pintándola desde atrás mientras Mamá movía un pie nerviosamente. Cuando Papá parqueó el carro enfrente del edificio, vimos al tío despidiéndose de un amigo en la esquina. La abuela lo miró, miró a Papá y preguntó si el domingo siguiente podríamos volver al mismo sitio.

—Cuando quieras, Mamá; el carro es para todos.

Entonces la abuela viró el rostro hacia el asiento trasero y dando dos golpecitos suaves en la pierna de Mamá dijo «Felicidades».

Mamá y Papá se casaron sin muchos aspavientos. Un notario, unas firmas y dejé de ser bastarda. El tío sonrió cuando su madre dijo «Ya tu hermano está casado, ¿cuándo vas a hacerlo tú?». Encendió un cigarro y dio media vuelta dando un portazo. Sus masajes ya no iban tan bien porque la casa era cada vez menos frecuentada y él permanecía mucho tiempo fuera. A la tía tampoco pareció importarle, dijo «Que vivan los novios» y se alejó tarareando un tango. Yo tuve ganas de pintar dos gusanos besándose, pero me contuve.

Entonces la vida en casa cambió. Papá regresó a nuestro cuarto y hubo que reorganizarlo todo. Los primeros días dormíamos los tres, hasta que él propuso que trasladáramos mi cama al cuarto de la abuela, previa conversación con ella, que aceptó en principio de mala gana, pero luego insistió cuando propuse que me dejaran dormir en el sofá de la sala. La abuela arqueó las cejas y Papá dijo «No», entonces trasladaron mi cama hacia su cuarto.

Yo sabía que a ella no le hacía gracia la idea de tenerme allí, pero era bueno, porque se dormía muy rápido y empezaba a roncar. Entonces era mi hora. Hacía mucho tiempo estaba convencida de que mi hora era la noche. Volví a deambular por casa, pero ya sin la preocupación de tropezarme con Papá durmiendo en la sala, y sin tener que esperar un tango para fugarme a escondidas. Con la abuela roncando yo salía libremente, andaba por el pasillo descalza, como una sombra, el fantasma de la casa grande colándose por las cerraduras. Entonces inventé el juego de la puerta, debía pintar lo que ocurría del lado de allá de todas las puertas. En la de mis padres era divertido porque Mamá hacía ruidos y llamaba a Dios, nunca entendí qué asociación hacía ella entre el sexo y la Iglesia, Papá bufaba como un animal diciendo malas palabras, yo los imaginaba desnudos mientras los pintaba agachada junto a su puerta.

En donde la tía, no permanecía mucho tiempo. Del lado de allá no escuchaba nada y entonces la imaginaba siendo abrazada por un gusano enorme que le lamía la cara y el cerebro mientras Mozart tocaba el piano. Me daba asco y me alejaba. En realidad la tía y yo nos habíamos alejado bastante. Era costumbre de la casa, la gente se iba y regresaba y volvía a largarse según le viniera en ganas.

En esa época mi curiosidad mayor fue el cuarto del tío. Su puerta estaba en la cocina, yo permanecía oculta en la sala y casi siempre tenía que ir a dormir antes de su regreso. Una noche sentí que se abría la puerta de la calle y me oculté tras el sofá. Lo escuché murmurando algo y luego unos pasos apresurados hacia la cocina. Cuando volvió la oscuridad me trasladé sigilosamente a su puerta. Desde allí escuché voces indefinidas. El tío evidentemente no estaba solo y esto me produjo gracia. Acababa de descubrir su secreto, él esperaba la madrugada para colarse con alguien en su cuarto. La idea me pareció interesante. Del lado de allá se encendió una pequeña luz y luego comenzó una música extraña, como unos cantos que parecían música de iglesia, sin dudas en mi familia la Iglesia y el sexo estaban muy ligados. Yo, temiendo que el tío descubriera mi presencia, conseguí meter mi cuerpo dentro de uno de los estantes y desde allí intenté escuchar las voces, pero la música llenaba todos los espacios. Permanecí un buen rato escondida y ya casi comenzaba a aburrirme cuando la puerta del cuarto se abrió repentinamente. Me encogí, casi como un gusano en su crisálida, y por las rendijas vi un cuerpo que salía seguido de otro que lo alcanzaba.

—Escúchame, por favor, no te vayas.

La voz del tío salía del cuerpo que se adelantaba apresurado para cerrar la puerta de la cocina. El otro cuerpo permaneció parado, en silencio, y cuando logré acostumbrar mi vista a la semipenumbra, pude definir que ambos estaban desnudos de la cintura para arriba. Mi tío se recostó a la meseta, ocupando la franja de resplandor que salía del cuarto, y comenzó a hablar muy despacio. Dijo que los masajes eran para relajar tensiones, y que no había que sentir vergüenza si alguna parte del cuerpo no conseguía relajarse, eso le pasaba a todo el mundo, incluso al que daba los masajes.

—Yo sólo quería relajarte pero si quieres irte...

Mi tío extendió su brazo ofreciendo una blusa o algo así, pero la otra persona dijo que no bajando la cabeza. Entonces él sonrió.

—Quieres igualdad de condiciones, ok..., yo también estoy excitado, ¿quieres ver?

Comenzó a desabotonarse el pantalón. Quise cerrar los ojos pero me arrepentí porque en verdad nunca había visto nada semejante y, además, tenía que pintar la escena. Él se sacó un miembro erecto y comenzó a acariciarlo dulcemente mientras sonreía.

—Se puede tocar, ven...

El otro cuerpo avanzó unos pasos entrando en la leve franja de luz que salía de la habitación. Sentí como si de repente me aprisionaran la cabeza. El cuerpo no era una mujer, era un muchacho, unos cuantos años mayor que yo, pero un muchacho que se agachó frente al tío y comenzó a tocarlo muy despacio, con algo de miedo al principio pero tocándolo mientras el otro sonreía acariciándole el pelo.

—Así está bien, muy bien, y con la lengua es mejor...

El muchacho miró hacia arriba, acercó su lengua y comenzó a pasarla por aquello que se me antojaba un gusano gordo y empinado, hundiéndose dentro de su boca mientras el tío le pasaba la mano por el pelo, muy despacio y sonriendo, hasta que le sostuvo la cabeza con ambas manos deteniéndolo.

—Vámonos de aquí, merecemos un masaje...

Lo tomó de la mano y caminaron deprisa hacia el cuarto. Yo contuve la respiración cuando pasaron por mi lado hasta que sentí el portazo. Salí del estante tratando de no hacer ruido, fui a la sala y me senté en la esquina junto al sofá. De pronto no tuve ganas de pintar nada. Sentía un fuerte ruido en mis oídos y las palabras del tío apretándose en mi interior. Entonces empecé a golpearme la cabeza lentamente, cerrando los ojos y golpeando mi cráneo contra la pared. Quería borrar la imagen que no pintaría nunca, y juré no contárselo a nadie. Estuve mucho rato así, golpeándome y jurando silencio hasta que desapareció el ruido en mis oídos y en su lugar vino el miedo a ser sorprendida por el tío, que seguramente me invitaría a un masaje para colar su horrible gusano dentro de mi boca.

Esa noche no pude dormir. A la mañana siguiente, cuando tomaba el desayuno en la cocina, mi tío salió de su cuarto dando los buenos días y no pude evitar que mi jarro de leche cayera completo encima de la abuela, que comenzó a pelear llamándome torpe mientras el otro pasaba por mi lado revolviéndome el pelo y mi madre acudía veloz a calmar el alboroto. Yo me mordí los labios muy fuerte y decidí odiar al tío.

El emperador de los chicos malos

Después del incidente en la escuela, me convertí en aliada de la profe de Literatura y enemiga secreta de todos los demás. Ellos me miraban como a un bicho raro: la flaquita de los ojos claros y los labios gruesos, paliducha y despeinada, que se sentaba al final de la fila y a quien nadie quería besar. Eso era yo.

La profe de Literatura siempre se acercaba preguntando por mi madre y mi abuelita. Yo inventaba historias fenómeno y ella me prestaba libros. Un día dijo que la belleza de las personas no estaba en la apariencia y me regaló *El principito*. Entonces comprendí muchas cosas y me dediqué a demostrar mi superioridad. Cuando pasaba junto a un grupo y alguien dejaba escapar un «marimacho», yo me detenía, los miraba con desprecio y me alejaba diciendo que «lo esencial» era «invisible para los ojos», mientras sonreía irónicamente dejándolos a todos con sus caras de idiotas y sus risitas de quien no comprende nada.

El tipo de mi clase que más odiaba era el Ruso, le decían así porque su madre era soviética y él había nacido allá. Era el bonito del aula, el que todas las muchachas querían como novio, el líder de los varones que se sentaba en el patio a hablar mal de su país natal, cuando todo el mundo hablaba maravillas, mientras su madre vendía de contrabando los productos comprados en la diplotienda, como toda buena rusa divorciada de cubano.

El Ruso fue el que me bautizó «marimacho». Él era el dueño de todos los bautizos y de la mitad de la merienda de las niñas que llevaban merienda, y el primero al que soplaban los exámenes; era el emperador de mi año y por eso lo odiaba más. Las muchachas en cambio lo adoraban porque era alto, rubio, bonito y, además, cambiaba de tenis todos los meses. Ellas andaban en manadas. Un grupito de niñas bonitas, acompañadas de otras feas que se encargaban de llevar los recados de los muchachos hacia ellas. Otro grupito de niñas calladitas que siempre hacían las tareas y eran monitoras de todas las asignaturas. Otro grupito de brutas y envidiosas del primer grupo. Y yo, que me sentaba en el fondo a pintarlos a todos mientras ideaba formas de divertirme a sus espaldas. A las niñas les metía ranas en las maletas a la hora del receso, o mojaba sus pupitres para verlas gritar en cuanto se sentaban. A los varones les metía tachuelas o les echaba tinta de mi bolígrafo. Yo sabía moverme sin que nadie lo notara y así todos pensaban que era el Ruso y su clan, y bajaban la cabeza sin mayores aspavientos. Pero mi venganza no era con todo el mundo. Los idiotas eran idiotas y con eso les bastaba, yo me divertía con los que le sonreían al emperador aceptándose siervos, porque en el fondo lo que me hacía gracia era ver la cara del Ruso mirando los rostros para tratar de descubrir quién era hereje a sus espaldas.

Un día tuve la oportunidad de descubrirme. Estaba establecido en el aula que, en los exámenes, los tipos más inteligentes tenían que escribir las respuestas en un papelito que se hacía llegar al Ruso veinte minutos después del comienzo. La forma de viajar el papelito quedaba a la imaginación de cada cual, el problema era que tenía que llegar, para eso estaban los compinches mirándonos a todos con caras de malos mientras él hacía como que escribía en su papel. El encargado del examen de Física era Cuatro Ojos, le decían así por sus espejuelos de miope sin remedio. Ese día, yo saqué el máximo de puntos y es que estuve todo el tiempo, primero observando las gotas de sudor que corrían por el rostro de Cuatro Ojos minutos antes de entregar el papelito al de al lado, luego el viaje del papel, todos nerviosos y respirando aliviados una vez lograda la operación sin ser descubiertos por el profe. Cuando el papel estuvo cerca de mí, cayó al piso y yo, con un ágil movimiento de quien se sacude los zapatos, logré interceptarlo. El Ruso y sus compinches se sentaban en las últimas filas, al otro extremo de mí, y ninguno captó mi movimiento. Tomé el papel, llené mi examen tranquilamente y luego guardé el papel en una media. Diez minutos antes de la entrega disfruté de las gotas de sudor en el rostro del Ruso y luego la rabia cuando sonó el timbre y tuvo que entregar su examen a medio hacer. Yo sabía que el problema no quedaría ahí, por eso al salir del aula, muy despacio caminé hacia la calle de atrás de la escuela, que era donde se aplicaban los castigos. Allí los encontré, Cuatro Ojos sudaba más que nunca tratando de explicar mientras el emperador lo miraba muy serio y los otros lo rodeaban como perros. Me acerqué al grupo.

—Creo que buscas esto, ¿no?

El Ruso tomó el papel que le extendí, echó una hojeada y levantó la vista sorprendido.

—Lo siento —dije—; ayer estaba jugando a los pistoleros y no pude estudiar, pero ahora es tuyo el papelito, te lo guardé porque quizás lo necesites para el examen final.

Cuatro Ojos se tapó la boca tratando de aguantar la risa. Los otros se hicieron a un lado para rodearnos al Ruso y a mí, que sonreía, sabiéndome motivo del desconcierto de sus ojos. Yo estaba convencida de que no iban a pegarme como hubieran hecho con el otro, porque la ley de los hombres decía que no se le pega a una mujer, aunque parezca marimacho. El Ruso se acercó apuntando mi cara con un dedo.

—Como te vuelvas a hacer la graciosa conmigo, te vas a arrepentir.

Hizo una seña y todos lo siguieron.

—Como me vuelva a caer un papelito en las manos, vas a tener que empezar a estudiar, Rusito.

Cuando escuchó mis palabras se detuvo, dio la vuelta y me miró. Ésa fue la señal de guerra, una mirada de odio que sostuve hasta que él no pudo más y se marchó. A partir de ese día me convertí en el ídolo de Cuatro Ojos, que se encargó de propagar secretamente la historia. Entonces siempre quería andar conmigo, decía que yo era una muchacha muy bonita porque era inteligente, y que había escuchado decir al Ruso que yo era una «flaca mala» pero tenía los ojos más lindos del aula. Cuatro Ojos en verdad me caía bien, lo único que me molestaba era que siempre quería estudiar mientras yo insistía en irme por ahí en las tardes para sentarme en cualquier sitio a pintar o leer uno de los libros de la profe.

El Ruso entonces me declaró la guerra. Sus amigos pasaban por mi asiento y tropezaban a propósito, tirándolo todo al suelo y disculpándose con un «Coño, flaco, disculpa». Le ponían traspiés a mi amigo cuando caminaba hacia mí para verlo cayéndome encima, luego las risas y «Cuatro Ojos, veinte kilos, tiene un novio que es un hilo». Él se ponía nervioso, en cambio yo recogía sus espejuelos y miraba al Ruso, que me miraba con una media sonrisa en los labios. Cuatro Ojos proponía siempre venganzas intelectuales, hablaba de pasarle el examen de Física con las respuestas erradas, o levantarse en una reunión de grupo y denunciarlo, pero yo no quería eso. El Ruso era fuerte, no inteligente, había que utilizar entonces sus mismas armas, porque ya no me divertía hacer maldades a los otros, él sabía que era yo y se callaba la boca manteniendo su prestigio de chico malo. Yo tenía que demostrar que era más fuerte que él y que todos lo supieran, por eso acumulé rencores, guardé todas las burlas escudándome tras una mirada irónica y de desprecio; me fui llenando de todo hasta un día.

Hacía mucho tiempo había descubierto que el techo de la escuela era un lugar magnífico para estar lejos de todos. Cuando quería irme de una clase, simplemente me escondía en el techo y nadie podía jurar que me había fugado de la escuela. Era el invierno y conseguí la primera fuga de Cuatro Ojos, convenciéndolo de que una clase de Español no merecía perderse el espectáculo de una ciudad desde la altura. Cuatro Ojos miró un rato y luego se acurrucó a leer un libro de Física recreativa —Ediciones Mir—. Yo caminaba por el techo respirando el invierno y pintando con un lápiz los grises del cielo.

De repente mi espacio fue profanado por el Ruso y su clan. Acababa de sonar el timbre del recreo y al parecer éste era el lugar escogido para esconderse a fumar.

—Vaya, tremenda sorpresa, así que la parejita se fuga de los turnos para estar solitos aquí arriba.

Cuatro Ojos levantó la vista y se puso de pie al escuchar la voz del Ruso. Yo dejé de pintar.

—Qué románticos, ¿eh?

Los demás sonrieron y fueron acercándose a Cuatro Ojos, que comenzó a temblar no sé si por el frío o porque el Ruso extendió su mano para quitarle los espejuelos.

—Yo no sé ni pa' qué tú quieres esta mierda, tantos ojos y no te sirven pa' ver una novia de verdad, porque eso que tú tienes es medio macho.

Yo sabía que lo hacía para provocarme, pero me mantuve callada. Uno de ellos comentó que al Ruso le bastaban dos ojitos para estar con todas las niñas lindas de la escuela, y entonces todos estuvieron de acuerdo en que los espejuelos no servían para nada y había que tirarlos. Los tiraron.

—¿Tú quieres estar conmigo, Ruso?

Cuando dije eso todos cambiaron la vista y me miraron. El Ruso empezó a caminar hacia mí y se fueron apartando de Cuatro Ojos que no sabía qué hacer, trataba de mirarme con el desconcierto de un miope sin remedio y sin espejuelos además. Uno de ellos encendió un cigarro y dijo que eso era precisamente lo que me pasaba, yo quería estar con el Ruso y él no me hacía caso. Los vi acercándose con comentarios de «La flaca se desencadena», «El Ruso no come sobras» y cosas por el estilo hasta que lo tuve frente a mí.

—Yo pudiera estar contigo, pero es como si estuviera con un macho y a mí me gustan las hembras.

Sonreí afirmando que podía demostrarle que era una hembra y los otros se echaron a reír agregando que la flaca quería un beso del Ruso, pero los besos del Ruso no eran para todo el mundo, «El Ruso no se ensucia la boca».

—Te puedo demostrar que soy una hembra como no te lo ha demostrado ninguna de las otras idiotas.

Yo sabía perfectamente que las novias del Ruso y todos los demás no pasaban de unos besitos en la boca y un brazo por encima de los hombros. Entonces empecé a caminar hacia atrás observando el silencio colectivo y subiéndome muy despacio la saya.

—Ven, Ruso, ¿quieres que te demuestre que soy una hembra?

Él tragó en seco y clavó la vista en el movimiento de mis manos. Hizo un gesto a los otros que intercambiaron miradas de silencio y avanzó solo hacia mí. Atrás Cuatro Ojos me preguntaba qué iba a hacer. Yo tiré mi cuaderno de dibujos al piso y continué caminando hacia atrás hasta que tropecé con el murito de la azotea y me senté de espaldas al patio del recreo, subiéndome la saya totalmente. El Ruso estaba hipnotizado, miraba mi blúmer, posiblemente el primer blúmer de su historia, y respiraba agitado. Detrás de sus espaldas todo era silencio y miradas tratando de alcanzar lo que veía su jefe.

—Soy una hembra, Ruso, ¿quieres ver?

Él ni siquiera levantó la vista, estaba como ido, estupefacto y nervioso sin su mirada triunfante de todos los días, ni los comentarios del clan. El Ruso temblaba y sus labios se abrieron cuando descubrió que mis manos comenzaban a bajar el blúmer lentamente, hasta dejar mi pubis adolescente al descubierto, a sus ojos que se abrían cada vez más mientras yo sonreía y Cuatro Ojos insistía en preguntar qué pasaba porque él no veía nada y los otros no lo dejaban llegar a donde su emperador tragaba y tragaba en seco, como los perros de Pavlov, casi babeándose ante mí.

—Se puede tocar, Ruso, ven.

Levantó la vista confundido, pero parece que mis ojos, los ojos más lindos del aula, le inspiraron confianza y entonces intentó sonreír ridículamente y se agachó despacio a mis pies. Lo observé callada, vi como levantaba su dedo confuso y se iba acercando al gran descubrimiento de la adolescencia que no olvidaría nunca, su dedo tocando mi carne, apartándose bruscamente para luego volver a posarse frío e inexperto sobre mi piel de inexperta que lo detestaba; pero aguanté, dejé que colocara la punta de dos de sus dedos en mi pubis y se acostumbrara a estar allí, que quedara indefenso, totalmente indefenso y descoronado ante su clan que lo envidiaba y ansiaba su nobleza, su servilismo y candidez mientras presionaba levemente de rodillas ante mí y yo lo dejaba estar seguro, sentirse nuevamente emperador y chico malo y rey de los demonios reducido al mutismo ante la flaca más mala del aula.

—No me gusta que me llamen marimacho, porque soy hembra, ¿ves? —dije entre dientes y sonreí—, aunque me gustan los juegos de los machos.

Entonces de repente levanté mi mano, como Tosca frente a Scarpia, apretando el lápiz que clavé con fuerza

en el brazo del Ruso, hundiéndolo con odio y murmurando «E avanti a lui tremava tutta la scuola», hasta que
el lápiz se partió dejando un trozo adentro. Todo fue
muy rápido. El grito de dolor del Ruso. La sangre saliendo de su carne desgarrada. Los gritos de terror de los
otros y de Cuatro Ojos que no entendía nada. La caída
del Ruso tropezando conmigo. Los gritos de los del patio al escuchar los otros gritos y presenciar la caída. Mi
grito recorriendo dos pisos de altura. Mi caída.

Tiempo de silencio

Cuando desperté lo primero que vi fue la cara de Mamá y enseguida su voz anunciando que la nena acababa de despertar. Se inclinó hacia mí para abrazarme y preguntar cómo me sentía; a sus espaldas vi un hombre de bata blanca acercándose con una sonrisa entre los labios y preguntando lo mismo. Sentía que no podía moverme, Mamá me besaba y yo tuve miedo de hablar.

—Escuchame, nena, estamos en el hospital, hubo un accidente en la escuela, tú te caíste, pero estás bien, bueno..., te fracturaste el fémur, pero estarás bien, mami y papi te cuidarán, papi ya viene en camino, nos iremos a casa pronto, no te preocupés, ¿te sentís bien?

El yeso me cubría de la cintura para abajo, las dos piernas, una sensación incómoda, pero nueva. Yo miraba a mi alrededor mientras mi madre hablaba y el doctor aproximaba una silla para que otro hombre se sentara junto a mí.

—¿Cómo anda esta muchacha?, ¿campana, verdad?, vamos a ver qué pasó, estaban en la escuela, ¿recuerdas?, ¿por qué te caíste?

El hombre movía los labios y Mamá arqueó las cejas protestando porque yo acababa de despertar y no era justo venirme con preguntas. Yo no sabía quién era él, Mamá parecía molesta y el doctor sonreía pasándole la mano por el pelo. De repente caí en la cuenta de que lo que al señor le interesaba no era mi estado de salud como a Mamá. Él quería saber qué había pasado en la azotea y si quería saberlo era porque no lo sabía, quizás nadie lo sabía y entonces pensé en el Ruso. El doctor tomó por los hombros a Mamá, que se levantó furiosa agregando que yo estaba viva de puro milagro, y al oír esto sentí miedo, un miedo enorme que me subía desde los pies envueltos en yeso y me llegaba a la nuca. Pensé en el Ruso desangrándose por el brazo horas antes de ser devorado por los gusanos. Sentí asco. El doctor trataba de calmar a Mamá diciendo que era mejor dejarme a solas con el otro que sonreía con cara de idiota. Mamá al parecer aceptó.

—No te preocupés, nena, estoy afuera esperando a papi, ¿sí?, nadie va a hacerte daño.

Salieron y el hombre se inclinó hacia mí. Hablaba muy bajito y dijo que todo andaba bien, yo me recuperaría rápido, porque era fuerte, una caída de dos pisos de altura era cosa seria pero sólo tendría que aguantar el yeso un tiempito. Lo de ser fuerte me dio alegría porque en verdad era lo único que quería mostrar, pero no recordaba qué había pasado después y volví a pensar en el Ruso. Sentí miedo. Decidí no hablar. El hombre continuó tratando de ser agradable y habló de un accidente, dijo que al principio todos estaban asustados pero ya no había peligro, había un muchacho con una herida en un brazo, pero estaba perfectamente bien. Ése era el Ruso y sentí rabia. Él preguntó entonces si me acordaba de la azotea, había varios muchachos, pero ninguno podía decir qué pasó y como yo era tan fuerte quizás lo recordaba. Entonces pensé que si nadie quería hablar yo tampoco lo haría. El Ruso tendría una cicatriz en su brazo, yo después del yeso no tendría nada. El Ruso tenía miedo y por eso no contó la historia, yo tampoco hablaría y él no se atrevería a mirarme a la cara. El Ruso me tenía miedo, yo había ganado la batalla. El hombre dijo que si no quería hablar no había problemas, pero él sabía que me gustaba pintar, entonces sacó una libreta y me la regaló agregando que si quería podía pintar la escena, cualquier cosa. Me pareció que me trataba como a una idiota y decidí que no pintaría nunca más, nada, ni lo que él quería, ni nada, y para no correr el riesgo de dejar escapar palabras inútiles, me propuse que tampoco hablaría nunca más. Cuando nadie sabe qué sucedió realmente, la verdad puede ser cualquier cosa, incluso convertirse en leyenda. Si él quería saber no sería yo quien le regalara las pistas. El encanto del silencio es que se convierta en absoluto.

Cuando Papá llegó, ya el hombre estaba aburrido de hablarme y entonces dijo que me visitaría en casa. Me trasladaron en una camilla hasta el carro y de ahí nos fuimos. Mamá y Papá hablaban dulcemente y yo respiraba el aire que entraba por la ventanilla pensando en que cada vez que el Ruso viera una mujer en blúmer se acordaría de mí. Eso me daba gracia.

La abuela me recibió con un «Ave María Purísima» y un montón de preguntas que Mamá esquivaba seguida por Papá conmigo en brazos. En el cuarto me colocaron en su cama. Papá dijo que trasladarían luego mi camita porque debía reposar tranquila. Me pusieron una almohada en la espalda y un ventilador. La abuela no paraba de hablar y la tía asomada a la puerta me guiñó un ojo. No supe qué hacer. Entonces Papá dijo que había que dejarme descansar. La tía dio media vuelta y se fue. A la abuela hubo que guiarle el paso. Mi madre se sentó junto a mí. Papá cerró la puerta y entonces vinieron las preguntas.

Mamá con la voz dulcísima de un tango dijo que se había asustado mucho cuando la llamaron de la escuela diciendo que su nena había caído del techo. «¿Qué hacías en el techo?», preguntó, y tras mi silencio siguió hablando mientras Papá me miraba desde la puerta. Ella contó que en el hospital había otro muchacho con una herida en el brazo, y que lo tuvieron que picar para sacarle un lápiz que tenía encajado. «¿Qué pasó, nena?», volvió a preguntar, y entonces suspiró diciendo que si a mí me pasaba algo ella moría porque yo era lo más importante en su vida, yo era su vida y por eso iba a cuidarme muy bien, para que me repusiera rápido y volviera a la escuela. Mamá hablaba tan dulcemente que yo casi estuve a punto de contarle, de abrazarla para que no soltara las lágrimas que asomaban a sus ojos y decirle que el Ruso era un abusador y yo le demostré que no era el más fuerte, pero Papá la interrumpió.

—Basta de dramas, nosotros somos tus padres y tenemos que saber qué fue lo que pasó. ¿El chiquillo ese te empujó?, tienes que decirme porque lo mato, coño. La directora estaba en el hospital y dice que nadie sabe nada; había un montón de muchachos en el techo y ninguno quiere contar nada, todos se ponen a llorar y ninguno

58

habla, pero tú tienes que decirnos, esto no se puede quedar así.

Para Papá yo era la víctima y eso no me gustó. Entonces me mordí la lengua y cambié la vista. Mamá lo regañó y él siguió hablando pero ya no los escuché. Se pusieron a pelear, gritando los dos, y yo cerré los ojos porque necesitaba descansar; no podía moverme y eso era bastante incómodo. Pensé en la escuela, no volver por un tiempo me venía bien porque en verdad me aburría bastante. Lo malo era que tampoco podría irme por ahí como hacía siempre. Me imaginaba que ya nadie se atrevería a llamarme marimacho y me pareció bien. Entonces recordé a Cuatro Ojos y sus espejuelos rotos, me hacía un poco de gracia mi amigo y me alegró recordarlo porque en verdad era mi único amigo y tenía ganas de verlo. A esas alturas lo imaginaba sufriendo por no poder leerse uno de los libritos científicos que tanto le gustaban, aunque en verdad me alegraba por sus espejuelos rotos. Creo que Cuatro Ojos lo hubiera contado todo de haberlo visto bien y entonces no sé qué pensarían mis padres. Mi madre dijo mi nombre y abrí los ojos. Pidió disculpas y preguntó si quería dormir. Dije que sí. Entonces mi padre se acercó, pasó su mano por mi cabeza y dijo que descansara; cuando yo quisiera podríamos hablar. Preguntó si me dolía algo y dije que no. Mamá se recostó junto a mí y él abrió la puerta. Dijo que volvería más tarde y yo cerré los ojos. Entonces me quedé dormida.

Al día siguiente Mamá me despertó con un desayuno riquísimo. Dijo que Papá no había querido despertarme cuando se fue. En esos momentos Papá era todo un oficial con carro y con familia, cargado de responsabilidades

59

como siempre. Mamá seguía sin trabajar. Su vida era entonces hacer las cosas de la casa, lavar los uniformes de mi padre y acostarse a leer. Mi estado de inmovilidad vino a formar parte de toda esta rutina y ella se entregó con la dedicación de una monja. En la mañana me bañó, pasándome una toallita mojada por el cuerpo. Luego me colocó una cuña y dijo que debía acostumbrarme porque no había más remedio. Me sentí ridícula. Mi yeso tenía un hueco en medio de las piernas y Mamá debía presenciar todos mis esfuerzos aguantándome la cuña. Juré que nunca más me partiría el fémur. Cuando terminó todo el proceso, me colocó una almohada en la espalda, y aprovechándose de mi estado se sentó junto a mí para peinarme. La dejé hacerlo. Luego puso un espejo frente a mí y rechacé mi imagen. Ella colocó perfume en mi cuello, puso en la mesita una libreta y un lápiz, por si quería pintar, me dio un beso y se fue a hacer el almuerzo. En cuanto salió revolví mi pelo y me sentí más calmada, aunque sabía que me aburriría a montones, y entonces me puse a silbar la novena de Beethoven, una y otra vez hasta que me quedé sin aire y con dolor en la boca. Me tiré hacia atrás y coloqué la almohada en mi cara. Estaba desfallecida.

Casi al mediodía Mamá regresó al cuarto anunciando que tenía visita. Pensé en Cuatro Ojos y me alegré, pero tuve que bajar la vista cuando en su lugar vi que entraba a mi cuarto la profe de Literatura. Sentí vergüenza porque ella ya sabría toda mi verdad. La profe me dio un beso y se sentó en la silla que Mamá había colocado.

—¿Cómo estás?, me dicen que aprendiste a volar y un pájaro te comió la lengua.

Reímos las dos, a Mamá pareció no gustarle el chiste pero permaneció callada. Entonces la profe siguió hablando, dijo que me extrañaría en clases, pero para el próximo curso, cuando me incorporara, volveríamos a estar juntas. Habló maravillas de mí y Mamá se sintió orgullosa. Yo en verdad no imaginaba que tuviera tantas cualidades. Ella dijo que podría aprovechar mi tiempo leyendo mucho porque tenía vena de escritora, se veía que era hija de artista. A Mamá esto le pareció muy bien y comenzó a contar que me había criado entre telones y literatura. Habló muchísimo aunque no mencionó los tangos.

Cuando la profe se fue me dejó un montón de libros. Antes de marcharse se paró un momento en la puerta y aprovechando que ya Mamá había salido, dio la vuelta para mirarme.

—El que se fue por el Mariel no era en realidad mi esposo, era el esposo de otra que se fue con él, pero eso a nadie le importa, ¿no es así?... —sonrió—. Tus padres son excelentes, nos vemos pronto...

Cerró la puerta y yo sentí un gran alivio. Ella perdonaba mis mentiras porque tenía las suyas, éramos cómplices en la misma empresa.

Unos días después Cuatro Ojos vino a verme. Traía puestos unos espejuelos viejos, agarrados a la cabeza por una liga porque les faltaba una pata, pero dijo que ya había ido al oculista y era por eso que no había venido antes. Su visita me alegró mucho, aunque sólo me limité a escucharlo. Dijo que en la escuela había tremendo alboroto. Todo el mundo quería saber de mí y de lo ocurrido. Dijo que la directora había reunido a los de la azotea junto con sus padres, pero ninguno contó nada. El clan estaba desmembrado, algunos se pusieron a discutir, otros hasta lloraron y hubo dos que aceptaron la sugerencia de los padres de cambiarse de escuela. Él argumentó la historia de los espejuelos y nadie se atrevió a desmentirlo. Cuando el Ruso se incorporó a la escuela, dos días después, traía una herida en el brazo y los ojos gachos. Se sentó solo en el aula y no habló con nadie. Cuatro Ojos se sentía satisfecho porque en el aula los demás empezaron a respetarlo y a referirse a mí como la única capaz de enfrentar al Ruso y sus compinches. Me convertí en Dios y eso me gustó, aunque sabía que nadie más vendría a verme y eso era aún mejor. Cuatro Ojos y la profe de Literatura fueron las únicas visitas en toda mi convalecencia. También vino el señor del hospital, que luego supe era un psicólogo y se ponía a hablar sandeces, mientras yo pensaba en cualquier otra cosa. Él creía que mi silencio era consecuencia del trauma. Los psicólogos están tan traumatizados que intentan identificarse con sus pacientes. Si yo no hablaba era porque no quería, pero eso no podía decírselo porque simplemente no quería hablar.

Cuatro Ojos vino todos los días excepto los de exámenes y el tiempo que estuvo en la escuela al campo. Al principio intentó hablar de las clases, pero mi rostro lo obligó a cambiar de opinión y entonces hablaba de cualquier cosa y yo no me molestaba si contaba el último experimento que había leído en una revista. Un día confesó que se sentía muy triste porque todos le llamaban Cuatro Ojos. Dijo sonriendo que tendría que hacer algo, como yo, porque después de aquel día, nadie más se refirió a mí como «marimacho». Me sentí culpable y juré secretamente que cuando volviera a hablar lo llamaría de otra forma.

El tiempo hizo que los demás dejaran de hablar de aquel día. El Ruso no volvió a ser más el emperador del año. Andaba solo todo el tiempo y con una cicatriz en el brazo. Sus amigos del clan también andaban solos y ya nadie tenía que sudar para entregarles el examen. Cuando el curso terminó, el Ruso se trasladó de escuela, Cuatro Ojos fue el primer expediente del año y yo me había leído ya media biblioteca de la profe de Literatura.

En casa pasé todo el tiempo entre la silla de ruedas y mi cama, otra vez en el cuarto de mis padres. En las noches, con frecuencia, Mamá me acostaba en su cama y se ponía a hablarme; ella esperaba que algún día mi silencio terminara y así nos quedábamos dormidas las dos esperando el regreso de Papá.

Los domingos de los primeros meses fueron una fiesta. Salíamos a pasear en carro, acompañados, por supuesto, de la abuela, que aceptaba molesta su nueva posición en el asiento trasero. Yo miraba por la ventanilla tratando de descubrir futuros lugares visitables para cuando me quitaran el yeso. Un día mi madre dijo algo que a la abuela no le gustó y ahí se armó la bronca. Papá detuvo el carro y se bajó diciendo que cuando terminaran le avisaran. La abuela y Mamá continuaron cacareando hasta que yo, desde mi posición, empecé a silbar muy fuerte *Ojos negros*, aquella canción rusa que tanto le gustaba a Papá. Él se acercó a la ventanilla y comenzó a reír y a silbar conmigo. Mamá y la abuela debieron sentirse muy ridículas porque quedaron calladas, hasta que esta última agregó que no saldría más con nosotros y así lo hizo. Eso estuvo bien, sólo que entonces ya Mamá y Papá no tuvieron en quién volcar sus molestias y decidieron secretamente no ocultar más lo que yo ya había percibido estando todo el tiempo en casa. El matrimonio no andaba bien. Yo los veía discutir desde el asiento trasero del carro y sacaba la cabeza por la ventanilla para inventarme historias en la cabeza. Me imaginaba, por ejemplo, que era famosa y viajaba en el asiento trasero de un auto, mirando la ciudad. A veces peleaban tan alto que imaginaba entonces que tenían un accidente; yo no iba en el carro, por supuesto; entonces tenía que organizarlo todo porque ellos morían, yo debía cambiar el cuarto y aprender a manejar. Todo esto me ocupaba tanto espacio en la cabeza que apenas notaba cuando Mamá se dirigía a mí para preguntar cualquier cosa.

El día que me quitaron el yeso me sentí muy extraña. Mis padres me llevaron al hospital, donde estaban mi médico y el psicólogo hablador de boberías. Mamá me tenía tomada una mano mientras el otro médico trabajaba con la maquinita para dejar mis piernas descubiertas después de seis meses de cautiverio. Yo pensé que se trataba de soltar el yeso y andar, pero volvieron a colocarme en la silla de ruedas. El médico sonrió y dijo que tendría que volver a aprender a caminar. Mis piernas se veían más flacas y más blancas que el resto de mi cuerpo. Me sentí absurda y acepté que Papá volviera a cargarme para subirme a casa, mientras el psicólogo que nos había acompañado se brindaba a ayudarlo. Arriba me esperaba Cuatro Ojos con un ramo de flores. Me puse muy contenta y hasta sonreí a pesar de que el tío también estaba en la sala. La abuela trajo refrescos para todos y Papá bebió apurado anunciando que debía volver al trabajo.

—Llévame para el cuarto, quiero conversar con mi amigo.

Cuando dije esto se hizo un gran silencio. Papá me miró asustado. Cuatro Ojos abrió la boca. El psicólogo seguramente pensó que era el fin de su carrera. A la abuela se le atragantó el refresco. El tío se echó a reír. Mamá se acercó con los ojos medio aguados.

—¿Podés hablar, nena?

Yo los miré a todos y luego cambié la vista.

—Lo que se partió fue el fémur, no la lengua, ¿no? —miré a mi amigo—. Tengo que contarte de los libros que leí, ¿nos vamos al cuarto?

Mamá me abrazó llorando. El tío dio la vuelta y se fue. La abuela escupió el refresco atragantado. El psicólogo sacó la caja de cigarros. Cuatro Ojos cerró la boca. Papá se echó a reír moviendo la cabeza. Yo acepté sus brazos nuevamente y que me colocara en la cama y dijera que tenía que volver al trabajo y llevarse al psicólogo y que Mamá secara sus lágrimas agregando que prepararía un rico almuerzo para mí y para mi amigo y que abuela la mirara de mala gana saliendo del cuarto y que Cuatro Ojos se sentara junto a mí cuando todos salieron del cuarto y me observara detrás de sus espejuelos nuevos para que yo me echara a reír.

—Discúlpame por llamarte Cuatro Ojos, es que todos lo hacían, pero sé que no te gusta…; por el momento puedo llamarte Cuatro simplemente, es la costumbre, ¿no?, pero te juro que con el tiempo cambiará tu nombre.

Mi amigo se echó a reír y dijo que podía llamarlo como me diera la gana, porque era su amiga y él se sentía muy feliz de volver a conversar conmigo. Entonces descubrí que hay personas destinadas a acompañarnos por toda la vida y Cuatro era una de esas personas.

No le abras a un extraño

Empezar otra vez el curso fue para mí más tedioso que continuarlo. El primer día mis antiguas compañeras de aula se acercaron, igual que algunos profesores, para preguntar por mis piernas. Para mí todo andaba bien, los trataba con educación y siempre procurando esquivar los intentos de hacerme saber el destino del Ruso en su nueva escuela. La directora vino a saludarme con mucho cariño y entre sonrisas, muy sutilmente, comentó que ese año no quería problemas y nada de visitas a la azotea. Yo le sonreí igualmente.

La profe de Literatura volvió a ser mi profe y esto me alegró mucho, porque sus clases se convirtieron en realidad en el único incentivo de la escuela; claro que ya no había necesidad de mentirle y entonces opté por el silencio, siempre sonreír y quererla mucho pero sin mentirle. Cuatro venía a verme en todos los cambios de turno. Él ya estaba en un grado superior y siempre me esperaba para irnos juntos al final de las clases. Conversábamos mucho hasta que llegábamos a la puerta de mi edificio, nos despedíamos sin besos en el rostro porque Cuatro era de esos muchachos que se ponían rojos con cualquier cosa. Entonces yo le revolvía el pelo y echaba a correr edificio adentro. Esperaba un rato y luego volvía a salir. No era que me molestara su compañía, todo lo contrario, él era mi único amigo, pero yo adoraba mi compañía. Me gustaba andar sola por ahí, caminar por los parques, sentarme en el malecón a inventarme historias mientras le tiraba piedritas a las olas, cosas así.

Volver a casa seguía siendo un fastidio. Mamá peleando con la abuela porque se le ocurría limpiar el baño en el momento justo en que ella estaba lavando, y entonces la abuela declaraba a gritos que en su casa hacía lo que le viniera en ganas, cosas así y otras más absurdas. La tía, encerrada más que nunca dentro de su cuarto, por esa época parece que volvió a ser escritora; el día lo pasaba durmiendo y las noches tecleando en aquella vieja máquina que tanto me gustaba. Para mí, perder a la tía seguía siendo algo confuso. Extrañaba las noches en su cuarto, escuchando la música del cielo, como decía ella, pero no sé, algo había cambiado y no era precisamente yo. La tía dejó de ser la misma después del suicidio de aquel hombre y eso me hacía triste pero nada podía hacer, no podía tocar en su cuarto e intentar hablarle, no sé, su imagen se había congelado en la estampa de dos gusanos besándose mientras Mozart tocaba el piano. Una cosa extraña, que me daba asco y risa y hasta miedo y me impedía llegar a la tía y la soledad de su cuarto. El tío, por el contrario, seguía siendo el mismo, casi todo el tiempo ausente de casa, por fortuna para mí, que lo seguía odiando. En realidad nunca supe qué era lo que yo odiaba: el tío era libre de hacer lo que le daba la gana, como todo el mundo, y era feliz de poder hacerlo, como casi nadie. Tampoco podía molestarme porque mintiera al resto de la familia, al final todos mentían de alguna forma. Yo lo había descubierto por intrusa y me daba una gracia morbosa ver a la abuela preparando la comida de su hijo en la misma cocina donde él se restregaba con sus jovencitos. Eso resultaba bien curioso.

Papá andaba más complicado que nunca. Tenía un cargo importante y más reuniones y guardias que el presidente de la República. Eran los ochenta y La Habana reía. Mamá compraba vinos búlgaros para ella y vodka para Papá que ya había dejado su personaje de abstemio, porque un militar que no bebe no es un buen militar y Papá era de los mejores. Yo seguía durmiendo en su cuarto porque la abuela roncaba más que nunca y a Mamá no le gustaba irse a la cama sola.

A veces, los domingos, Cuatro venía a buscarme y nos íbamos a su casa. Allí se estaba bien. Mi amigo vivía en la misma cuadra que aquella amiguita que yo visitaba en la primaria. Ella ya era igual que las otras y por eso no me caía bien. A veces me saludaba con aires de cisne que mira al patito feo, y yo me burlaba a sus espaldas porque la veía detenerse en la esquina, antes de llegar a casa para quitarse la pintura de los labios que usaba en la escuela. Para mí, todo aquello resultaba un absurdo, pintarse las uñas y ponerse pompones en las medias blancas era una cosa bien ridícula, pero a las muchachas les gustaba, por eso yo era amiga de Cuatro, con aquellos espejuelos horribles, el pelo cayéndole sobre los ojos y esa manía de hablar del cosmos y los ovnis como si fuera un científico de verdad. En su casa empezamos a escuchar a Silvio, yo llevaba los discos de mi madre y le cantaba *Fusil contra fusil* para que se durmiera, como yo cuando niña. Pero Cuatro no dormía, él preparaba limonadas y bocaditos de jamón y queso para merendar juntos y la pasábamos bien, encerrados en su cuarto mientras afuera los padres trabajaban en cualquier cosa. Eran un par de científicos locos que se la pasaban entre hormonas y cosas raras. El padre siempre inventando cualquier cosa y la madre destilando vinos caseros y explicándole al hijo el origen del universo y el misterio de los agujeros negros. Sin dudas Cuatro no podía ser de otra forma.

Un día, después de explicarme su teoría sobre los dibujos del desierto de Nazca, se quitó los espejuelos y preguntó si quería ser su novia. Yo no supe si lo que me daba risa era la pregunta o la mirada de miope, pero traté de aguantarme y entonces pregunté para qué quería ser mi novio.

—Es que todo el mundo tiene novio, ¿no?

En verdad casi todas las muchachas de la escuela tenían un novio, que luego cambiaban y así, las parejas iban mudando a lo largo del curso, pero a mí me parecía una locura y entonces pregunté para qué, en realidad qué hacían los novios, qué necesidad había de tenerlos. Cuatro se puso coloradísimo, cambió la vista y volvió a colocarse los espejuelos agregando que los novios se tomaban de la mano, se daban besitos, y andaban siempre juntos: todo el mundo sabía que eran novios y eso era muy bonito.

—Si me quieres dar un beso podías haberlo dicho de otra forma, Cuatro, pero a mí no me gusta tener novio, simplemente no me gusta; tú y yo andamos siempre juntos y eso está bien, ¿a qué más?

Mi amigo tragó en seco y dijo que no tenía que inventarle excusas, el problema era que él no me gustaba y punto. Cambió la conversación, pero a partir de ese momento, cada vez que encontraba una oportunidad, preguntaba si aún no quería ser su novia. Cuatro no entendía que no me gustara eso de tener novio, decía que no era justificación y yo me reía, le daba un beso en la mejilla y empezaba a dar vueltas en torno a él, diciendo que si se podía andar suelto para qué atarse de las manos, para qué anudarse si abrir los brazos era en realidad lo que más me gustaba, y él sonreía, abría los brazos igual que yo y empezaba a dar vueltas hasta que algún carro nos pitaba y había que echarse a correr.

Uno de esos domingos, estando en la sala esperando a que Cuatro viniera a recogerme, sonó el timbre de la puerta y fui deprisa a atender. No era Cuatro, en su lugar había un señor, un mulato alto de espejuelos preguntando si mi abuela aún vivía ahí. Mamá salió de la cocina secándose las manos y dijo que la abuela estaba en casa de una vecina y podía esperarla. El señor dio las gracias y entró mirando para todas partes. Volví a sentarme frente al televisor y noté que me observaba. Me sentí molesta hasta que él se acercó diciendo que yo debía ser la hija de mi padre, la hija de la argentina. Dije que sí con la cabeza y la argentina volvió a salir de la cocina en el momento justo en que él acercaba su mano para acariciarme el pelo.

—¿Vos quién sos?

Él retiró su mano y dijo que era un antiguo amigo de la abuela. Mi madre sonrió y se sentó junto a él, muy amable, comentando cualquier cosa, que ella no demoraba, que a veces visitaba a sus vecinas, cosas así. Le brindó café y enseguida fue a buscarlo a la cocina. El señor bebió agradeciendo y comenzó a preguntar por mi padre, cómo le iba, y mi abuela, qué tal los demás. Mamá se acomodó y siguió hablando, mi padre estaba abajo limpiando el carro, a ellos les iba bien y tenían esta hija maravillosa que era yo. «Una niña linda», agregó él, y yo intenté recordar quién salvo mi madre me había llamado linda alguna vez. La conversación parecía muy amena. Él hasta encendió un tabaco y se puso a fumar mientras Mamá seguía hablando de mí y mi yeso de seis meses, él me miraba, sonreía tiernamente y volvía a su tabaco. En una de ésas sentí el portazo de la tía por allá dentro. Ella acostumbraba a salir del cuarto los domingos a prepararse un termo de café y volver al encierro. Mamá disimuló como siempre su malestar ante la presencia de su ex amiga y comentó que ya empezaba a aparecer parte de la familia. El hombre levantó la vista y la tía se detuvo cuando tropezó con su mirada. De repente los vi transformarse, ella mudó su rostro soñoliento y fue tensando el semblante. Él, por su parte, apartó el tabaco de la boca y convirtió su sonrisa en una mueca indefinida, intentó sonreír.

—Hola…

—¿Qué coño haces tú aquí?

La tía habló entre dientes y mi madre dejó de sonreír sin entender nada, como yo. El señor nos miró con cara de tonto y ella abrió los ojos como una loca y volvió a repetir la pregunta en un tono más alto. En esos momentos la puerta se abrió, mi padre entró con un cubo en las manos dándole paso a mi abuela, que lo seguía sonriente portando una fuente de cascos de guayaba. Mamá miró a Papá, Papá miró al señor, el señor miró a la abuela y a mi abuela se le cayó la fuente de cristal al piso.

El hombre se puso de pie pronunciando el nombre de mi abuela, ella dio dos pasos sin poder decir nada y mi tía gritó histérica.

—¿Qué coño hace este tipo aquí?

—Ay, Ave María Purísima, Ramón, ¿qué haces aquí?

Ésa era mi abuela, que empezó a lloriquear y no sabía para dónde moverse. Mi padre la agarró por un brazo apartándola del camino de los cristales rotos y preguntando qué pasaba. El tipo, evidentemente, ignoró a mi tía, dejó caer el tabaco al piso y caminó hacia adelante mirando a Papá.

—¿Éste es…?

La abuela abrió los ojos, al viejo se le aguaron los suyos, la tía se le abalanzó gritando histérica.

—Éste es tu hijo, maricón, tu hijo con la puta que me parió…

El aullido de la abuela se escuchó en todo el edificio, también el forcejeo para apartar a la tía de arriba del viejo, que empezó a llorar como un niño mientras intentaba abrazar a Papá y éste se debatía entre el viejo, la tía, y su interrogante de qué coño pasaba ahí. Yo miré a Mamá y ella se levantó para agarrar al viejo, que por fin salía del enredo de cuerpos mientras mi padre apartaba a su hermana, y mi abuela lloraba con un «Ay, Dios mío» reiterativo e incómodo. Papá abrazó a la tía con su cuerpo echándola a un lado y exigiendo explicaciones. Ella estaba descontrolada, empezó a gritar como una loca que ella los había visto, que todo fue delante de ella, que la puta se la llevaba de paseo para que su padre no sospechara y en vez de pasear se metía en casa del negro de mierda para templárselo y luego le regalaban caramelos para comprar su silencio. Mi padre la soltó y ella se dejó caer al piso y continuó moqueando, dijo que ella los había visto revolcándose, que el negro la volvía loca y mi padre era hijo del negro sucio, que porque fuera viejo no iba a tenerle lástima, porque por su culpa su padre había abandonado a la familia, porque cuando ella no pudo más y lo dijo, ella era la niña linda de su padre y no pudo más ver la cara de su madre sirviendo la comida por las noches mientras por las tardes iba a enredarse con el negro y por eso se lo contó a su padre y él no pudo aguantar esa vergüenza y la vergüenza de saber que el hijo más pequeño no era su hijo sino hijo del negro que se templaba a su mujer.

La tía terminó llorando sentada en el piso con la espalda recostada a la pared. Mi abuela se desplomó en la butaca y continuó llamando a Dios con una insistencia morbosa. Mamá dejó que el viejo llorara en su regazo, mientras por encima del hombro miraba a mi abuela con desprecio. Papá se sentó en el medio de la sala abrazando sus pies, sin decir nada. Yo entendí el porqué de mi pelo crespo, y miré al viejo con cierta pena, y una alegría muy lejana, porque a pesar de cualquier cosa, acababa de conocer a mi abuelo.

La escena estuvo congelada unos minutos, así como esperando que el público aplaudiera a los actores y bajaran el telón, pero como no ocurrió nada de esto, entonces Papá se levantó, tomó a su madre por los hombros y la condujo al cuarto. Un rato después regresó, pidió a Mamá que se encargara de la tía, tomó a su padre por los hombros, y echándole un brazo encima se lo llevó afuera. Mamá se acercó a la tía y agachándose la abrazó, ella aceptó sus brazos y se echó a llorar repitiendo «que yo los vi, coño, que yo los vi». Me gustó ver a Mamá y la tía caminando abrazadas por el pasillo para luego meterse en el cuarto y dejarme sola, lamentando los cascos de guayaba mezclados con cristales y la evidencia de tener que limpiar el desastre.

En casa nunca más volvió a hablarse de este incidente. A la abuela le subió la presión y hubo que llevarla varias veces al médico. Luego estuvo días sin levantarse de la cama, Mamá le hacía la comida y se la llevaba al cuarto. A mí me daba gracia verla en la cocina, entre los calderos, murmurando bajito, «Así que yo era la desvergonzada», o «Haciéndose la santica y le ponía cuernos al marido, y con un negro». Mamá no sabía que yo la escuchaba y me daba tristeza porque ese negro era mi abuelo, aunque yo no lo conociera. Fue Papá quien se acercó a mí muy serio al día siguiente para pedirme perdón por lo ocurrido. Yo no dije nada, sólo pregunté si nunca más volvería a ver a mi abuelito.

—Éste es nuestro secreto, tú y yo vamos a visitarlo, pero no podemos decírselo a nadie, ¿ok?

Ok. Me pareció bien y no se lo dije a nadie, ni siquiera a Mamá, que después de aquel día comenzó a visitar otra vez el cuarto de la tía. Me imagino que se pondrían a rajar de la abuela y me daba pena perderme aquello, pero Mamá no quería que fuera a ver a la tía. Decía que no estaba bien, bebía demasiado y lloraba mucho. La tía tenía demasiadas tristezas escondidas adentro, eso yo lo sabía.

Un día, cuando regresé de la escuela encontré al tío en la sala con cara de preocupación. Pregunté por mi madre y él dijo que había tenido que ir al hospital porque mi tía estaba enferma. Esa noche tuve que comer de los huevos fritos que hizo el tío porque mis padres no llegaban. Me quedé despierta esperando y cuando los sentí por el pasillo abrí la puerta del cuarto. Mi padre traía a su hermana cargada y mi madre se adelantó para mandarme a dormir y casi cerrarme la puerta en las narices, pero yo pude ver las vendas en las muñecas de mi tía. Entonces comprendí la escena de hacía tantos años. La copa encantada rota en el piso. Las manchas de sangre en el cuarto de la tía. Otra vez una venda en su muñeca. No sé si alguien lo supo antes que yo, pero ese día, cuando me aparté de la puerta que mi madre cerraba bruscamente, supe que la tía acababa de darle un nuevo rumbo a su vida. Ya no sería escritora, ni investigadora musical, ni actriz, ni bailarina. Mi tía había decidido suicidarse, como aquel hombre y quizás por causas que nadie podría llegar a saber nunca. Mi casa estaba llena de personas y silencios, y causas ignoradas. Yo puse el *Réquiem* de Mozart en el nuevo tocadiscos que Papá había comprado para Mamá y me acosté haciéndome la dormida. Cuando mis padres entraron, Papá apagó el aparato y se tiró en la cama encendiendo un cigarro.

—Hasta cuándo tengo que aguantar las histerias de esta loca.

—Vos nunca entendés nada, porque sos un insensible.

—Vaya, y ahora son amigas nuevamente, ¿no?, pues corre a consolarla, pero cuando se vuelva a cortar las venas no me llames al trabajo, yo sí que no puedo estar comiendo tanta mierda.

—¿Qué?, ¿tu hermana te echó a perder alguna fiestecita?

—No me jodas y habla bajito que la niña está durmiendo.

La niña apretó fuerte los párpados y se acurrucó en su cama, pensando que quizás la tía necesitaba como yo que alguien la abrazara por la espalda.

Feliz cumpleaños

La primera vez que fui a la escuela al campo fue en octavo grado. El año anterior el médico dispuso que me quedara en casa por considerarme aún en proceso de recuperación. En casa mi partida no fue importante para casi nadie excepto para Mamá, que se pasó los primeros meses del curso llenando una despensa de enlatados, compotas, leche condensada y millones de alimentos para llevarlos los domingos. Por esos tiempos la abuela me evitaba, pasaba por mi lado con la cabeza gacha como tratando de ocultar la vergüenza de mi abuelo mulato, y pienso que mi ida de casa por un tiempo le vino de maravilla.

El campo era divertido aunque había que levantarse muy temprano y usar letrinas que las muchachas finas detestaban porque olían mal y siempre estaban llenas de ranas. A mí todo aquello me parecía bien, dormía en una litera, y por las noches podía irme por ahí a conversar con Cuatro, que ya estaba en el último año. Los domingos era la visita de los padres. Desde muy temprano empezaban a llegar los carros y las guaguas, yo me quedaba tumbada viendo cómo las madres le organizaban la maleta a sus niñitas llenándolas de comida y ropa limpia.

Los padres de Cuatro siempre llegaban muy temprano y me invitaban a desayunar con ellos, luego tendría que volver a desayunar con Mamá y Papá, que llegaban alrededor de las once. Ese día Papá nos llevaba por algún lugar lejos del campamento donde acampábamos para almorzar y pasar la tarde. Mamá siempre traía mis casetes y yo escuchaba mi música desde la reproductora del carro. La pasábamos bien, aunque llegaba una hora en que yo quería que me dejaran sola, que se fueran con sus tangos y sus canciones rusas. Papá empezaba a mirar el reloj nerviosamente comentando que no le gustaba la carretera de noche, Mamá en cambio quería permanecer el mayor tiempo posible, quería peinarme, saber si me iba bien, si no me dolían las piernas, si me picaban los mosquitos, si el trabajo era duro, si el agua estaba contaminada, si los varones entraban en el albergue de las hembras, si llovía, si había huecos en las duchas de madera; en fin, quería saberlo todo y yo le contaba para verla feliz. Cuando por fin se iban podía irme a caminar libremente por el campo y tirarme encima de la tierra o esconderme por ahí en cualquier árbol para leer un libro mientras en el albergue las muchachas suspiraban por sus novios dejados en La Habana, o se maquillaban para el bailable de la noche donde seguramente encontrarían pareja.

Fue entonces cuando empecé a escribir poesía. Cuando llegaba al albergue encontraba a Cuatro esperándome desesperado. Yo lo invitaba a cualquier chuchería de las que traía mi madre y le leía mis poemas. Para él la poesía era tan misteriosa como los agujeros negros y me creía magnífica. Un día, dejé olvidado encima de la litera uno de mis poemas, yo acostumbraba a bañarme de última porque era cuando todas las duchas estaban vacías. Cuando regresé al albergue las dos muchachas que dormían junto a mí se acercaron diciendo que habían encontrado el poema tirado en el suelo. Sentí rabia porque no quería compartir mis escritos con nadie, salvo con mi amigo, pero una de las muchachas dijo que nunca había leído un poema de amor tan lindo, y pidió de favor que le enseñara otros. Entonces me sentí bien, y aunque con cierto recelo, acepté mostrarles otro de los tantos poemitas de amor escritos en mis tardes del campo. Las muchachas quedaron impresionadas y llamaron a otras y de repente me vi rodeada de almas que suspiraban y miraban al techo hablando de sus novios y del amor y mis poemas. Eso estuvo muy bien. A partir de ese día me convertí en la poeta, así me llamaban algunas, y empecé a escribir como quien hace salchichas. En las horas de trabajo, algunas se acercaban para contarme los problemas con sus novios; yo debía escribir, colocaba los dos nombres en un papel y sacaba versos relacionados con la situación que me contaban. Era divertido, la jefa de brigada estaba enamorada del profesor de Inglés, y por eso me dejaba acostarme en el surco, sin trabajar, para escribirle poemas a su amado. De repente me vi convertida en la celestina del campamento. La voz empezó a correrse y de todas las brigadas llegaban muchachas a contar su historia. Yo empecé bromeando y diciendo que cobraría los servicios, sabiendo que hay cosas que dichas de cierta forma pueden resultar broma o verdad, pero nunca un insulto. El asunto fue que las muchachas mientras más necesitadas estaban de poemas reconciliadores, reclamaban mis servicios regalándome chocolates, sorbetes, cualquier cosa de comer; hubo quien hasta se brindó para lavarme la ropa y yo acepté, sí, porque consideraba que el trabajo intelectual debía ser justamente remunerado. Para Cuatro yo estaba más loca que una cabra, eso me decía mientras comía de lo que ganaba con mi trabajo y volvía a preguntarme si quería ser su novia. Yo no quería. No quería ser la novia de nadie. Hacía mucho tiempo me había convertido en espectadora de tantas cosas que estas historias de amor no eran para mí más que el oficio cotidiano de hacer poemas mediocres para que las otras suspiraran y se echaran a dormir abrazando la foto de sus novios.

Cuando regresé del campo, encontré en casa el ambiente más tenso que de costumbre. La abuela casi agujereando el piso con su mirada al pasar por mi lado. La tía oculta tras su puerta. El tío dejándose crecer el pelo. Papá más sombra que llega a veces en las noches y se va al amanecer. Mamá con el rostro gris contándome que su matrimonio era un fracaso porque mi padre no servía, había vuelto a ser el mismo de años atrás, un mentiroso y un cobarde, y ella una tonta que había creído en él. Mamá quería empezar a trabajar, pero llevaba tantos años alejada del teatro que dudaba que algún director pudiera aceptarla en su grupo; tenía miedo y no sabía qué hacer y hablaba del amor con tanto remordimiento y odio que no quise enseñarle mis poemas. No quise y juré que nunca se los enseñaría ni a ella ni a nadie de la casa grande. En esos momentos ella y la tía continuaban sus tertulias renovadas en el cuarto. Cuando yo llegaba de la escuela sabía que las encontraría del lado de allá de la puerta, donde había muchos libros y óperas y música sinfónica y tanto de tristeza que me hacía triste, porque sabía que las dos se habían perdido en algún sitio del que ya no podrían salir si no cambiaban el curso del viento. Entonces estuve absolutamente convencida: el amor, esa palabra que tantas vueltas da, podría seguir dando sus giros sin acercarse a mí. Yo no sabía exactamente qué era lo que quería, pero estaba totalmente convencida de lo que no quería. No quería llorar y hacerme sombra, ni achacarle mis culpas a los otros. Los seres más sensibles son los que más sufren, y los que siempre pierden. Yo no quería perder. Nunca.

Ya hacía casi quince días había regresado y aún Papá no hablaba de visitar al abuelo. Nosotros acostumbrábamos a verlo todos los meses y sabía que en mi ausencia Papá había ido a su casa. El abuelo vivía en un cuarto en La Habana Vieja, su barrio no me gustaba mucho, pero ir a su casa me divertía porque la vecina hacía dulces y el viejo de al lado tocaba un tambor y cantaba canciones africanas mientras todos bebían del ron que llevaba Papá. El domingo que fuimos a verlo, ellos estuvieron hablando mucho rato mientras yo comía arroz con leche y escuchaba los cuentos del vecino. Cuando salieron del cuarto, Papá se veía muy serio y el abuelo sonreía comentando que mi padre tenía un carácter muy recto y estaba molesto sólo porque en su visita anterior le habían robado el espejito retrovisor del carro, que estaba parqueado en la acera de enfrente. Papá hizo una mueca, bebió un trago de la botella recién comenzada y dijo que debíamos marcharnos. Mi abuelo se acercó, besó mi frente y dijo muy bajito que podía regresar cuando quisiera, pero que no se lo dijera a su hijo. Sonreí y nos fuimos. En el regreso Papá manejó callado, yo miraba por la ventanilla siguiendo sus movimientos con el rabillo del ojo. Pasamos cerca de una pipa de cerveza y Papá detuvo el carro, se bajó sin decir nada y al rato regresó con una perga llena. Encendió un cigarro y se recostó. Yo no sabía qué decir, acepté la perga que me brindaba y bebí un trago pequeño.

—A ver, ¿qué certeza tengo yo de que ese tipo sea mi padre?

Eso fue lo primero que dijo después de un gran silencio. Luego comenzó un monólogo, y tras cada palabra yo sentía como si el asiento se hundiera y me fuera tragando. Él miraba fijamente el cristal y se preguntaba a santo de qué tenía que estar manteniendo a un tipo que había aparecido ahora con la historia de que estaba solo y quería recuperar al único hijo de su vida, de su único amor. Papá se veía bien molesto, bebía rápido y decía que su madre no quería contarle nada, y a su hermana no podía creerle porque era una histérica. Él se preguntaba un montón de cosas y yo me preguntaba a santo de qué tenía que utilizarme para escuchar sus descargas. Yo era evidentemente un gran oído para todos. Un oído sin boca y sin sentidos aparentes. Y en esos momentos realmente me importaba un comino si mi abuelo era su padre o si a mi padre lo había traído una cigüeña. Yo tenía un abuelo, un viejo que fumaba tabaco y no me había cantado canciones de cuna para dormir, pero era mi abuelo y ya no quería que me cambiaran otra vez la historia. Decidí que lo visitaría a escondidas y le llevaría regalos y cantaría con el vecino del tambor y no se lo contaría a nadie, mucho menos a Papá, que terminó su cerveza, se pasó la mano por la cabeza, revolvió mi pelo y dijo:

—No me hagas caso…

Puso en marcha el carro y nos largamos. Juré que en mi próxima visita le sacaría una foto al abuelo y la pondría junto a mi cama, como la foto de Papá en mi cuna, cuando era niña.

El siguiente septiembre, Cuatro y yo nos separamos. Él comenzaba el pre y yo fui para noveno grado. El pre no estaba cerca de mi escuela, así es que no podíamos vernos todos los días. Al principio él iba a casa contándome las cosas nuevas, su orgullo por haber entrado en la UJC. Luego sólo nos veíamos los fines de semana, el resto de los días hablábamos por teléfono.

Ese año cumplí quince. Los quince solían ser unas fiestas ridículas donde las muchachas se tiraban fotos clásicas: detrás de la cortina del baño, hablando por teléfono, junto al espejo, tiradas en la cama con la barbilla sobre las manos y los pies cruzados en alto; todas las fotos eran iguales, sólo cambiaba el rostro de la quinceañera. En mi grupo la única en cumplir fui yo, porque era un año mayor que el resto, pero para su pesar no pude mostrar a nadie fotos de esta clase. Por fortuna ni mi madre ni mi padre estaban interesados en conservarme posando tan ridículamente. Además, no podría decirse que mi cuerpo mostrara los sutiles rasgos de una adolescente florecida. Yo seguía siendo un esqueleto pálido, donde lo único que resaltaba era mi pelo revuelto y los ojos azules. Como no tenía ningún interés en hacer fiesta, porque, además, no me apetecía festejar con nadie salvo con Cuatro, entonces mis padres decidieron alquilar un fin de semana en una villa militar en la playa. Mamá insistía en que debíamos invitar a alguna amiga, pero yo no tenía amigas. Era enero y Cuatro estaba en la escuela al campo con su pre, así es que no pude invitar a nadie. Papá propuso e insistió en que la abuela debía acompañarnos porque no quería que su madre estuviera alejada de la nieta, Mamá permaneció callada hasta que abrió la boca y dijo que a la tía le vendría bien estar en los quince de su sobrina, yo los miré sonriendo y entonces propuse que el abuelo también podría ir. Un caos. Mamá con las manos en la cabeza y Papá mirándome muy serio hasta que dijo que iríamos solos los tres. Y nos fuimos solos.

Lo de la playa estuvo bien, sólo que nadie pudo bañarse porque era invierno. En las mañanas Mamá permanecía en la cabaña leyendo y tomando té. Papá jugaba billar con los otros hombres. Yo caminaba por la orilla del mar mirando las olas furiosas de enero, o me sentaba a observar desde lejos a los jovencitos que jugaban voleibol o me iba a la sala de juegos donde los niños se aburrían. Mis padres me hicieron muchos regalos y hasta llevaron un cake que compartimos con los de las otras cabañas. Fue un buen fin de semana, aunque parezca extraño. Cuando nos sentábamos en el restaurante a comer, Papá hacía chistes y Mamá hasta se reía y no decía nada cuando él pedía sangría para mí. Por las noches ella y yo nos tirábamos en la cama a ver televisión. Papá se iba al bar y al billar con los otros y luego regresaba para invitarnos al club, donde había un grupo y nos sentábamos en una mesa, los tres juntos como una familia de verdad. Yo bailaba con Papá, que no sabía bailar, y Mamá se ganó un concurso cantando un tango. Cuando la fiesta terminaba, Mamá se iba a dormir, Papá se quedaba bebiendo con los otros alrededor de la piscina y yo me encerraba en mi cuarto, donde había una ventana de cristal desde donde se veía el mar y entonces escribía cosas, no poemas, sino cosas que se me ocurrían al azar y no mostraría nunca a nadie, ni siquiera a Cuatro que en esos momentos andaría haciendo cualquier cosa, lejos de mí, allá en Pinar del Río, con nuevos amigos y nuevas historias donde yo no estaba. Descubrí que extrañaba a mi amigo, pero podía soportar su ausencia.

Cuando regresamos a casa, yo estaba feliz y estuve más feliz porque la tía vino al cuarto y dijo que tenía un regalo. Mamá le sonrió cómplice y nos fuimos a su cuarto. Encima de la cama había una cesta y dentro de la cesta dormía un pequeño gato siamés.

—Es una gata y se llama Frida, tú debes cuidarla y darle toda tu ternura, ¿viste?, tiene los ojos azules como tú.

La tía sonrió detrás de su rostro ojeroso y yo tomé a la bebé, que dormía y era pequeña y fea. Los siameses nacen feos, muy blancos y con caras de monos. La coloqué en mi cuello y empezó a hacer runrún y a amasarme suavemente. Agradecí el regalo y agradecí la nueva puerta que la tía acababa de abrirme. Yo sabía que ellas dos se habían puesto de acuerdo, querían agradarme y molestar a la abuela y a mi padre, porque a ninguno le gustaban los animales, pero no me importó. Yo cumplía quince años y tenía derecho a sentir algo mío dentro de aquella casa. Mamá dijo que debía ocuparme de todo y evitar que Frida molestara a los demás. La tía sirvió tres vasos de vino, y nos sentamos en el piso a escuchar *Las cuatro estaciones* de Vivaldi. Entonces me hablaron de Frida Kahlo y mostraron un libro de pinturas mientras la gata dormía encima de mis piernas y yo pensaba que era muy genial esto de ser una gran familia, aunque sólo durara el tiempo en que yo cumplía quince años.

Si lo presionas, estalla

Me gustaba estudiar de noche porque era cuando mayor calma había. Yo ya estaba en los exámenes finales de noveno grado. A mi madre le decía que me quedaría despierta para poder estudiar y en realidad, en cuanto todas las puertas se cerraban, me acostaba en el sofá de la sala junto a Frida para leerle cualquier libro. Los sábados debía esperar pacientemente a que terminara la televisión y todos se fueran a sus sitios.

Aquel sábado todos estábamos en casa viendo las películas. La abuela durmiendo en una butaca frente al televisor, Mamá y la tía sentadas en el sofá, Papá fumando y bebiendo vodka en el otro butacón. Yo tirada en el piso con Frida recorriéndome de arriba abajo, jugueteando con todo lo que se movía a su alcance. De repente la puerta se abrió y el tío entró sudando, se detuvo, dio las buenas noches y se perdió cocina adentro hacia su cuarto. Alguno de nosotros lo miró y luego seguimos con la película.

Una media hora después alguien golpeó en la puerta bruscamente. La abuela dio un brinco desde su asiento y Papá se levantó molesto murmurando que ésas no eran formas de tocar en una casa tan tarde. Quitó los cerrojos y al abrir se le abalanzó un tipo furiosamente.

—¡Te mato, cacho cabrón!

El tipo golpeó a mi padre, que se quedó perplejo y reaccionó dándole un empujón con el cigarrito entre los dedos y el pijama de florecitas puesto.

—No es ése, papi, no es ése.

Detrás del tipo venía una niña de unos diez años. Su padre entonces dio unos pasos preguntando dónde estaba el cabrón, dónde se había escondido el maricón hijoeputa al que iba a partirle la cara. Papá empezó a vociferar y preguntar entre malas palabras quién coño era él para entrar en su casa de esa forma. Mamá se levantó sin decir nada. La abuela empezó con sus «Ave María Purísima, ¿y ahora qué pasa?». La tía subió las piernas en el sofá y las abrazó contra sí. Yo tuve miedo, agarré a Frida y me senté junto a la tía. El tipo seguía gritando que lo mataba, que sabía que vivía aquí porque su hijita no mentía y él no se largaba hasta partirle la cara por maricón y pervertido. Papá entonces trató de calmarlo, decir que quizás era un malentendido, ésta era una familia decente, cosas así, pero el tipo no entendía, hasta que apareció en la puerta otro rostro, un muchacho de unos veinte años, con marcas de lágrimas en los ojos y las mejillas coloradas.

—Basta, papi, vámonos de aquí, basta por favor.

El tipo dio la vuelta bruscamente colocando una bofetada en la mejilla del otro, que se tambaleó y cayó al suelo donde siguió llorando, pidiendo a gritos que se fueran, esto era una vergüenza, ¿acaso él no tenía derecho a vivir su vida? Pero el tipo no escuchaba, lo zarandeó por un brazo, exigiendo silencio, y que se fuera a casa inmediatamente, esto tenía que resolverlo él. Yo observé que de repente el rostro de mi padre se tensó, miró a la tía y ella estalló en una risa histérica. La abuela se tapó la cara con ambas manos para continuar sus lamentos. Papá caminó deprisa hacia la cocina y empezó a golpear en la puerta del tío. El tipo casi enloquecido lo siguió, mascullando agravios inentendibles. El muchacho seguía llorando en el suelo apartando a la niña, llamándola cretina imbécil y chismosa. Mamá abrazó a la niña que se echó a llorar mientras mi padre continuaba vociferando que si no abría la puerta la tumbaría a golpes, entonces la abuela se levantó y fue a la cocina, yo traté de seguirla, pero Mamá me lo impidió. Del lado de allá, la abuela empezó a exigir respeto dentro de su casa, el tipo que se fuera y Papá que dejara de gritar, que si no paraban con eso ella se enterraría un cuchillo en el corazón. Tengo que confesar que la imagen me resultó curiosa, pero a Mamá no, así es que sentó a la niña en la butaca y entró en la cocina pidiendo calma. La tía seguía riendo nerviosamente, tenía a Frida entre las manos y repetía «todos están locos». Yo no tuve que imaginar demasiadas cosas, observé al muchacho tirado en el piso lloriqueando y descubrí que hacía mucho tiempo todos conocían lo que yo había descubierto aquella noche escondida en la cocina. El tío era un pervertido.

Mi padre siguió golpeando la puerta ayudado por el tipo. La abuela gritaba y Mamá la abrazó para llevársela a la sala, en un gesto digno de ser fotografiado. Yo aproveché para acercarme a la puerta de la cocina, desde donde vi cómo mi padre y el tipo conseguían por fin abrir la puerta. Adentro estaba el tío agachado en un rincón. Mi padre se le aproximó murmurando entre dientes que iba a tener que explicárselo todo. El tío dio un grito cuando el tipo intentó adelantar a mi padre para tirársele encima, pero Papá, diestro como un militar de rango, consiguió darle un puñetazo interponiéndose entre él y su hermano. En esos momentos el muchacho se levantó y atravesó la cocina empujándome. La abuela se desprendió de los brazos de mi madre y yo me aparté para no ser empujada nuevamente. Mamá me gritó que saliera de la cocina. El muchacho se tiró encima de la espalda de su padre gritando que no le hiciera daño, que lo dejara en paz, él tenía la culpa de todo por amarlo, y cuando mi padre escuchó esto dio un grito de «El que te va a matar soy yo, maricón de mierda», y lo levantó del piso agarrándolo por el cuello de la camisa. La abuela quería que su hijo menor soltara al mayor, que pensaran en los vecinos, qué vergüenza. Pero todos estaban enloquecidos, Papá zarandeaba a su hermano, que se quejaba y lloriqueaba como un niño, hasta que gritó: «Tú sabes que nunca dejé de serlo, cojones, y lo voy a seguir siendo», el otro tipo seguía gritando y su hijo de veinte años repetía: «Me voy a matar, coño, me voy a matar». Mi madre trataba de hablarle a gritos a mi padre. Todos allá adentro del cuarto, mientras en la sala la tía seguía con cara de loca conversando con Frida, la niñita lloraba sola sentada en el butacón, y en la película del sábado un policía le caía a piñazos a un maleante. Yo miré a la niñita y pensé acercarme para decirle algo, pero ¿qué podría decirle? Ella debería estar sintiendo por su hermano el mismo odio que un día sentí por el tío, pero en esos momentos el tío en realidad me daba lástima, el tío, y los demás y los vecinos asomados a la puerta preguntando qué era todo aquel escándalo, y la tía que había soltado a Frida y ahora lloraba con la cabeza entre las piernas, y la niñita y yo, hasta yo me daba lástima.

Nunca supe cómo terminó aquella noche. De repente eché a correr, me fui a la calle y corrí, crucé la calle y corrí, corrí mucho y cuando estuve bien cansada decidí irme a casa del abuelo. Él se alegró de verme, estaba medio borracho entre sus amigos, así es que no se sorprendió por la hora de mi visita. Estuve un rato sentada viendo cómo ellos bebían y cantaban. Luego dije que me acostaría un rato y a él le pareció bien. Entré en el cuarto sin encender la luz y me senté en el piso junto a la cama, todavía tenía en mi cabeza los gritos de los otros y los llantos del muchacho, y quise que se fueran, que salieran de mí; quise apartarlos y entonces golpeé mi cabeza contra la pared, una vez y varias. No tenía ganas de llorar, sólo quería dormir y extrañaba a Frida, la pobrecita sola entre aquella sarta de locos. Prometí que nunca más la dejaría sola y entre promesas me quedé dormida.

—Sí, Ramón, que todos están tarados ya lo sé, pero no seré yo quien lo diga. Si querés saber, andá allá afuera al carro, donde está el tarado de tu hijo, y decile que te cuente, yo vine a buscar a mi hija y en cuanto se despierte nos marchamos; gracias por el café.

Abrí los ojos y vi a mi madre parada en la puerta junto a mi abuelo. Me incorporé y ambos se acercaron. Ella me besó y habló cariñosamente, pidiendo que me despabilara para irnos y negándose al cafecito con leche que proponía mi abuelo. Yo me levanté en silencio, dije que aceptaba el café con leche y tuvimos que esperar un buen rato a que la vecina preparara el desayuno para mí, mientras Mamá hablaba y hablaba y yo apenas escuchaba.

—¿Frida desayunó? —pregunté, y Mamá bajó la vista diciendo que sí y suspirando resignada.

De regreso yo miraba como de costumbre por la ventanilla. Delante sólo había silencio. El carro atravesó el túnel y no se detuvo hasta que llegamos al centro militar donde almorzábamos con frecuencia. Era el mediodía de un domingo. Papá pidió el último de la cola para el restaurante y fuimos a sentarnos en unos sillones apartados de los otros.

—Te debemos una disculpa —miró a Mamá—. Yo te debo una disculpa… Lo que pasó ayer no volverá a pasar, el tío no vivirá más con nosotros, pero como no quiero que te enteres de las cosas por chismes de la gente, ayer, con tanto alboroto algunos vecinos tuvieron que intervenir y la cosa se calmó, ese señor se fue a su casa con los dos hijos y yo conversé con mi hermano, los dos estuvimos de acuerdo en que él se fuera de casa, luego tu abuela se sintió un poco mal y hubo que llevarla al médico, pero ya está bien, mejor no hablarle del incidente, lo que pasó fue que…

—Que el tío es maricón y le gustan los jovencitos, Papá, eso ya yo lo sabía…

Mis padres se quedaron callados y yo me levanté para caminar un poco. Quería estar lejos de ellos aunque no tuvieran culpa de nada; en realidad, ¿quién tiene la culpa de tantas cosas? Sabía que la historia no había sido así, Papá nunca decía toda la verdad, sólo parte de ella, para no herir a nadie. Eso lo había aprendido de pequeña. Cuando llegamos a casa noté que las vecinas del piso de abajo nos miraban. Eso me hizo gracia. Dentro no había nadie. Imaginé a la abuela y la tía metidas en su cuarto. Al tío no pude imaginarlo. Me senté en el sofá para acariciar a Frida y decirle cosas al oído, por fortuna Frida tiene el don del silencio.

El examen del lunes lo suspendí, luego aprobé en revalorización con ayuda de mi madre, que se la pasó estudiando conmigo. Esa semana la tía tuvo su tercer intento de suicidio. Esta vez utilizó pastillas, pero mi madre como siempre la sorprendió a tiempo y a pesar del mal genio de mi padre volvió a llamarlo al trabajo para llevarla al hospital.

La abuela se veía destruida y muy extraña, empezó a acercarse a mí, me trataba con cariño y me invitaba a la cocina para prepararme dulces, entonces se ponía a hablar diciendo que sus hijos iban a matarla cualquier día de éstos, que sentía pena por mí, que era lo mejor de esa casa. Yo sentía pena por ella, pero no se lo decía. Mi arte era escuchar.

Nunca quise contarle nada de esto a Cuatro, me daba vergüenza. Aunque él sospechaba que algo había pasado, porque el domingo, mientras yo aún dormía en casa de mi abuelo, él había telefoneado a casa y dijo que la tía contestó diciendo que todos estaban locos y mis padres andaban más locos que ninguno buscándome por la ciudad como una loca escapada del loquero. Cuatro pensó que mi tía se había vuelto loca y le dio las gracias, pero nunca supo exactamente qué pasó. Yo le inventé una historia, dije que me había despertado de madrugada con ganas de encontrar la luna y entonces había salido a caminar, pero no encontré la luna. Mi amigo sonrió, agregando que la luna estaba a 384 000 kilómetros de la tierra y me regañó por haber suspendido el examen. Él sabía que yo no decía la verdad, pero respetaba mis silencios y sabía que ésa era la cualidad que más amaba de él.

En septiembre empecé el preuniversitario y los dos volvimos a estar en la misma escuela. A mi padre lo mandaron para Angola. Todos los militares pasaban un tiempo allá. A Mamá no le hacía gracia la noticia porque Angola estaba en guerra, y aunque mi padre fuera un degenerado, mujeriego y mentiroso, como decía ella, no lo deseaba mártir. Para mí tampoco era una gran noticia, aunque Papá no viniera todos los días a dormir, ni me besara con frecuencia, la idea de tenerlo lejos por tanto tiempo me daba una cierta tristeza, pero no se lo decía a nadie. Papá se fue y dijo que sería héroe para mí, pero yo debía ser buena estudiante para él, y así acordamos que nos escribiríamos contando nuestras hazañas.

La primera hazaña no pude contársela porque Mamá no quiso. Ella tuvo que ir al pre a hablar con la profesora guía por mis reiteradas fugas de los turnos de clases. Lo que sí le conté fue que mi madre, después de haber suspendido tres exámenes teóricos y uno práctico, había conseguido la licencia de conducción con dos botellas de 7 *años*, entregadas a su debido tiempo al profesor. Mi padre apenas respondía, escribía una carta para las dos hablando de maniobras y añoranzas. Para mí Angola era una selva oscura con moscas que dejaban gusanitos en la piel, y enfermedades raras, donde Papá se aburría a montones y no tenía tiempo de escribirme, por eso determiné que no le escribiría más. Frida estuvo de acuerdo y entonces dije a mi madre que si no recibía una carta a mi nombre yo no escribiría más. En el siguiente envío recibí cuatro páginas contándome un montón de hazañas. Sin dudas la presión siempre fue buen método para acallar el silencio.

Del tío no supe nada más, sólo que telefoneaba a su madre de vez en cuando. Sé que vino a casa por sus cosas pero aprovechó un horario en que no encontraría a casi nadie. Yo me mudé para su cuarto en cuanto me lo permitieron. Me hizo feliz fundar un reino para mí y para Frida, y aunque Mamá insistiera en que con la partida de mi padre podríamos compartir el cuarto, me negué. Finalmente podía cerrar la puerta y olvidarme de todos, colgar afiches en las paredes desnudas, dejar la cama destendida, los zapatos regados, y fumarme un cigarrito de vez en cuando. Era fantástico. La primera foto que mandó Papá con su uniforme de camuflaje la puse en la pared frente a mi cama, y para que Mamá no sintiera celos coloqué una de ella al otro lado; se veían bien, juntos, pero separados por una franja indefinible que determiné dejar vacía. Por fin tenía una cueva donde aislarme, un espacio totalmente mío, una puerta.

Dios vive en el quinto piso

En el pre, Cuatro tenía nuevos amigos. Los de mi curso eran un año menores, así es que prefería a la gente de Cuatro. Yo daba clases por la tarde y él por la mañana, eso me obligaba a irme muchas veces antes del último turno porque ellos se reunían en su casa para escuchar a Silvio y hablar de cualquier cosa los días que tenían que ir al pre por la tarde. En la escuela se daba siempre Educación Física, o Preparación Militar en horario contrario, y en esos tiempos el país estaba inmerso en la tarea de construir refugios contra ataques aéreos del enemigo. El grupo de Cuatro siempre tenía los miércoles por la tarde para irse a la escuela y llenar el patio de agujeros. Como él y sus amigos eran de la UJC, siempre cumplían con todo. Yo me fugaba del último turno para reunirme con ellos, porque en realidad esto de andar excavando el patio a nadie le interesaba demasiado y era un buen momento para pasar un rato divertido llenándose de tierra y escondiéndose de los profesores que se lo tomaban todo demasiado en serio. Después de la excavación nos íbamos a casa de Cuatro. Me gustaba recostarme al balcón y escucharlos hablar; eran del mismo equipo, buenas notas y nuevos descubrimientos de la ciencia. Había uno de ellos que escribía poesía y leía para todos. Yo, por más que mi amigo lo intentara, no accedía a leerle mis escritos. Es que en esa época había abandonado la poesía romántica de ganar compotas para escribir otras cosas. Una tarde el muchacho poeta leyó algo que me resultó interesante, y entonces, sin que nadie lo pidiera, dije que leería un poema. Cuatro se entusiasmó y reclamó silencio absoluto. Leí. Cuando terminé levanté la vista y la muchacha que estaba junto a mi amigo me miraba con cara de idiota, el otro por el estilo; Cuatro se arregló los espejuelos, sólo el Poeta dijo que era magnífico. Mi amigo se levantó para servir más té y dijo que la poesía le seguía pareciendo un misterio, admiraba a los que podían llegar a ella, pero él prefería las novelas.

—Disculpa, es que yo no entendí nada.

Eso dijo la muchacha y entonces el Poeta comenzó a explicar mis versos y el otro a agregar cosas y yo les di la espalda recostándome al balcón para encender un cigarro robado del cuarto de la tía. Cuatro se acercó y besó mi mejilla, dijo que no me preocupara, porque sólo los incomprendidos logran cambiar el mundo, pero que no fuera tan hermética y dejara esa bobería de fumar en las tardes, porque iba a terminar como el de enfrente, dando tumbos a las ocho de la mañana para encontrar la puerta del edificio.

El de enfrente era Dios, aquel tipo de barba y pelo largo, el escritor del barrio con quien había visto a mi madre hacía muchos años desde el balcón de mi amiguita de la infancia. Para Cuatro la literatura no tenía nada que ver con la mala vida, y ese tipo era un frustrado que se decía escritor y nadie había visto nunca ningún libro suyo publicado. Lo que sí habían visto eran las fiestas y borracheras que se armaban en esa casa cuando él era pequeño. Nosotros teníamos dieciséis años y estábamos descubriendo el mundo. Cuatro y sus amigos perseguían los *Sputnik* y las novelas famosas. Yo leía *La náusea* y trataba de decirles que me importaba una mierda si el hombre descendía del mono o no, lo que quería saber era cómo podía el hombre ser capaz de convertirse en mono nuevamente sin apariencias externas que lo demostraran.

Cuatro seguía siendo mi único amigo, un tipo demasiado inteligente como para no aceptar cualquier cosa que se me ocurría, aunque no la compartiera. Que no me interesara, por ejemplo, ser de la Juventud, ni siquiera para darle una felicidad a mi padre, el héroe. O que me largara de la escuela, aunque mi madre se muriera de vergüenza delante de la profesora guía. O que empezara a fumar y me comiera las uñas y continuara con el pelo revuelto y no aprendiera a maquillarme. Cuatro lo aceptaba todo, aunque ya no hablara de hacernos novios, y empezara a sonreírle sospechosamente a su nueva amiguita, que sí se preocupaba por pintarse las uñas y sacar buenas notas.

A veces, cuando sus amigos se iban de la casa, nos tirábamos en la cama a conversar. A él le gustaba que yo inventara historias y yo las hacía fantásticas. Un día, cuando terminé, me estaba mirando fijamente.

—Bueno, ahora, en serio, ¿qué piensas hacer en el futuro?

—¿El futuro? —pregunté—. El futuro es una bola de cristal inmensa que nos puede caer en la cabeza, así es que es mejor ni pensar.

Pero Cuatro sí tenía planes. Él quería ir a la universidad a estudiar algo de Física. Quería ser un gran científico y descubrir muchas cosas, y casarse y tener dos hijos y darle la vuelta al mundo en mucho más de ochenta días. Yo le pedía una foto de París y otra de las pirámides de Egipto; no me importaba nada más y en realidad no me importaba nada.

Su amigo, el Poeta, un día me invitó a una peña con trovadores y gente que leía poesía. Me pareció extraño que pidiera no decirle nada a Cuatro, y entonces contó que era una trampa. Él y el otro sabían que a Cuatro le interesaba la muchacha y se habían puesto de acuerdo para ir todos al cine, pero los dejarían solos para que cuadraran. A mí aquello no me gustó, a decir verdad me molestó. Mi amigo no había comentado nada acerca de su interés por la otra, y considerando que era una traición a mi amistad, porque siempre salíamos juntos, acepté ofendida la invitación del Poeta y juré que no le diría nada a Cuatro.

Aquella noche fue todo una gran locura. Llegamos a la peña en un local semioscuro iluminado por velas. El Poeta conocía a unas cuantas gentes. Nos sentamos en el piso y me presentó a un par de amigos, uno trovador y el otro no sé qué, pero que fumaba mucho, y el Poeta le picaba cigarros para mí. Él no fumaba. Me sentí atraída por aquel ambiente: todos tirados en el piso, uno que dirigía, y se iban parando trovadores a entonar sus canciones, y entre canción y canción alguien leía algo. El Poeta fue uno de los invitados. Imaginé que se sentiría importante por hacerme notar que su poesía era escuchada por mucha gente y entonces no le hice mucho caso. Me dediqué más bien a observarlos a todos, gente de todos tipos, pelos largos y sayas hasta los tobillos, yo en jeans, como de costumbre. Algunos jóvenes y otros menos jóvenes, y para mi sorpresa descubrí que Dios también estaba en aquella sala.

Cuando terminó el concierto, era sábado y aún temprano. Así es que el Poeta dijo que seguiríamos la fiesta en algún parque. Algunos se adelantaron para comprar ron y los otros caminamos por La Habana de mediados de los ochenta hasta instalarnos en un parque del Vedado. Dios caminaba conversando todo el tiempo con uno de los trovadores amigos del Poeta. Llegó el ron y volvieron las canciones, toda la noche cantando y bebiendo y poemando. Ya casi todo el mundo estaba medio borracho cuando el Poeta me pidió que leyera aquellos versos que tanto le habían gustado. Yo no había llevado mis escritos, pero considerando que todo era un gran desorden y que algunos ya ni sabían lo que hablaban, bebí un trago y dije que no recordaba aquellos versos, en cambio recitaría algo que había escrito cuando cumplí quince años. Volví a beber y hablé:

Tengo quince años, me tomo de la mano. Convicción de ser joven con las ventajas de ser muy acariciante.

No tengo quince años. Del tiempo pasado, un incomparable silencio ha nacido. Sueño con ese hermoso, ese bonito mundo de perlas y de hierbas robadas.

Estoy en todos mis estados. No me tomen, déjenme.

No sé si fue mi rostro pálido, o las pausas entre comas y mi pronunciación perfecta, o el alcohol, pero tras

103

mis palabras se hizo un gran silencio que el Poeta rompió con aplausos y el comentario de que «les dije que era buena». Los demás lo apoyaron y uno de los trovadores tomó la guitarra para dedicarme una canción, con permiso de mi acompañante, aclaró; yo lo miré extrañada, pero cambié la vista porque alguien me brindaba otro trago y un cigarro, y me sentí genial.

Muchas canciones después, el Poeta andaba discutiendo con otro acerca de la influencia de Vallejo en la generación de Silvio. Miré el reloj y eran las doce y media de la noche, imaginé que Mamá también miraría el suyo frente a la película del sábado. Sentí una presencia a mis espaldas y viré el rostro. Dios se agachó junto a mi banco.

—Si yo fuera Paul Éluard, quisiera en principio demandarte, pero acabaría aplaudiendo tu suspicacia.

Me sentí descubierta y eso no me gustó, entonces acepté el cigarro que me brindaba y murmuré:

—También tengo mis poemas, sólo que no me los sé de memoria, y además… —sonreí para ganarlo cómplice—: Los de Paul son mejores.

Dios sonrió.

—Como ves, yo no tengo quince años, pero conozco muy bien a Paul Éluard, y también sueño con ese hermoso, ese bonito mundo de perlas y de hierbas robadas; ¿por qué no me enseñas tus poemas?

Ése fue el principio de una conversación que duró mucho rato. Supe que Dios era como un padrino intelectual de aquel trovador con quien lo vi conversando. Habló de muchos libros que tenía en casa, cosas fantásticas que yo ni conocía, y me invitaba a visitarlo. Dije que él era vecino de un gran amigo mío, que ya lo había visto antes, pero no mencioné a Mamá porque en realidad nunca supe qué relación tuvieron. Ella jamás contó nada, y había pasado tanto tiempo que temía ser inoportuna. Reiteró su invitación a que pasara por casa, vivía en el quinto piso de aquel edificio y generalmente estaba allí, salvo en las mañanas, que eran horas sagradas de sueño. Pidió que llevara mis poemas y que dejara a Paul en casa. Sonreí y acepté ron de su caneca.

Cuando todos decidieron que era hora de marcharse, el Poeta estaba borracho y medio, aun así dijo que me acompañaría. Yo estaba un poco mareada, pero en realidad no había bebido tanto, sólo pequeños sorbos cada vez, para no perder el control. Vivir entre gente que bebía bastante me había servido para aprender a beber sólo lo suficiente. Me despedí de Dios y prometí próxima visita.

El Poeta y yo caminamos despacio. Él resultaba gracioso porque mostraba una imagen completamente distinta a la que tenía en casa de Cuatro. Preguntó si la había pasado bien y dije que muy bien. Comentó que mi poema había sido excelente y dije «Gracias». Dijo que ojalá Cuatro hubiera cuadrado con la amiga de ellos y dije también «Ojalá». Preguntó si sus amigos me habían parecido bien y dije que geniales. Entonces se detuvo, colocó su brazo extendido sobre el muro donde tuve que apoyar mi espalda, y preguntó qué tal me parecía él. Dije que me parecía un poeta medio borracho y coloqué la mano en su pecho para tratar de apartarlo, pero él se mantuvo firme y volcando todo su aliento etílico sobre mi cara, dijo que yo le gustaba mucho y quería darme un beso. Sentí un ruido en los oídos y agregué que era mejor no echar a perder la noche, todo había sido perfecto, pero era tarde y debía regresar a casa.

—Me das un besito y te juro que nos vamos, te llevo hasta la puerta de tu casa y si quieres hasta te acuesto, te tapo, y te leo un poema antes de dormir.

Yo sonreí, bajé la cabeza suspirando y luego alcé la vista.

—Tengo la rodilla a una cuarta de tu entrepierna; si no me apartas el brazo, te juro que te doy una patada y mando a freír tus huevitos, y si quieres te los sirvo en un plato y te leo un poema antes de que se te quite el dolor.

El Poeta me miró muy serio, retiró el brazo y continuamos caminando todo el tiempo en silencio.

Al otro día Cuatro telefoneó. Dijo que el sábado me había llamado para ir al cine, pero yo no estaba en casa y entonces se había ido con su amiga y su otro amigo, porque el Poeta también los había embarcado. Comprendí que todo había sido una maraña de éste para salir conmigo y eso me hizo sentir bien; entonces no dije nada a mi amigo.

Esa semana volví a encontrarme con el Poeta en casa de Cuatro, él me miró apenado y aprovechando un descuido de los otros colocó en mi mano un papel. Me aparté al balcón como de costumbre y leí el poema de disculpa que me había escrito. Se llamaba *Arrepentimientos* y era horrible, hablaba de una mujer de espuma en medio de la noche, con sus ojos azules iluminando la soledad del poeta. Me pareció todo muy cursi, pero entendí que era un pacto de paz y eso estuvo bien. Conocer nuestra posición exacta en cada momento justo nos hace llegar a una comunicación casi perfecta. Guardé el papel en el bolsillo de mi camisa de escuela y escribí en otro mi teléfono para que me llamara. Al fin y al cabo, yo no tenía nada en contra de sus huevos y la poesía era algo que me interesaba demasiado. Cuatro colocó *Al final de este viaje* y todos se pusieron a cantar allá adentro. Yo me recosté al balcón. En el quinto piso del edificio de enfrente vivía Dios y yo quería visitarlo.

Fin de curso

—¿Sos vos?, mi Dios, no me lo puedo creer, ¿sos vos?

Mamá armó tal gritería cuando contestó el teléfono que la abuela apartó la vista del televisor y se dispuso a escucharla, pensando al igual que yo que se trataba de mi padre a punto de regresar a Cuba de vacaciones. Mamá se sentó en el piso y hablaba con las lágrimas corriéndole por el rostro. Me acerqué un poco, pero la conversación no parecía ser con Papá, eso pude comprobarlo cuando empezó a hablar de la nena, que era yo, y a hacer montones de cuentos que aquí todos sabíamos de memoria. Estuvo casi cuarenta y cinco minutos al teléfono y cuando terminó me abrazó diciendo que era su hermana, desde Argentina, llamándola; su hermanita querida, que se había acordado de ella y pronto iba a mandarle cartas. Mamá se veía bien contenta, y me tomó de la mano para irnos al cuarto de la tía mientras la abuela viraba el rostro hundiéndolo otra vez en el televisor.

Una semana después Papá vino de vacaciones. Nosotras fuimos a buscarlo después de los tres días que debía estar en cuarentena. Llegó repartiendo besos, abrazos, regalos e historias de combates fabulosos. En casa todos se alegraron con su regreso e incluso la tía se asomó al cuarto para ver la grabadora que me había traído. Papá se veía muy bien, se había dejado el bigote y parecía un tipo duro de película del sábado. Los primeros días no quise contarle mucho de mis malas notas en el pre ni mis llegadas a casa de madrugada; Mamá al parecer tampoco quiso molestarlo, estaba tan contenta por haber reanudado la comunicación con su familia que apenas hablaba de otra cosa. Para mi padre la llamada y las cartas de la tía argentina eran un poco sospechosas: eso de aparecer después de tanto tiempo le resultaba extraño, y entonces Mamá se molestaba, levantaba la nariz y concluía que no era él el más indicado para hablar de familias con problemas. Yo la apoyaba en silencio.

La grabadora, lógicamente, fue a formar parte de mi cuarto. Allí me reunía de vez en cuando con Cuatro y el Poeta. Por aquellos tiempos acostumbrábamos a salir los tres juntos, la muchacha y el otro amigo de ellos terminaron haciéndose novios y separándose de nosotros, así es que formábamos un trío perfecto. Cuatro la cordura, el Poeta la locura, y yo «la flaca», como me llamaban ellos. El Poeta había asumido perfectamente su rol de amigo y era fantástico. Nuestro agente cultural encargado de llevarnos a peñas, conciertos y borracheras que Cuatro no apoyaba mucho pero compartía sin beber demasiado.

Los días que Papá estuvo en casa sólo vio a mis amigos una vez; preguntó por qué yo andaba con varones y si alguno era mi novio. Dije que eran mis amigos y les pedí que no vinieran más. De todas formas mi cuarto no era el paraíso. Paraíso era la casa del Poeta, porque su madre siempre andaba de viaje y él permanecía mucho tiempo solo. Los fines de semana nos metíamos allá para escuchar a Fito y Charly, era un tiempo argentino, pero de la Argentina que Mamá no conocía.

Por aquel entonces Cuatro había tenido dos intentos fallidos de novia. Decía que él no le gustaba a las muchachas porque usaba espejuelos y no era como el Poeta, que siempre andaba soltando versos y mirando fijamente como quien se va a tragar el mundo. Para mí, el Poeta no pasaba de ser un muchacho inteligente, algo snob y con muchas posibilidades económicas; sólo eso, pero era eso quizás lo que gustaba a casi todo el mundo. Cuatro era demasiado serio para todas, demasiado buenas notas y «no bebas tanto, flaca», y «creo que es hora de irnos», cosas así.

Papá estuvo quince días, en los que hubo paz y almuerzos en la Casa Central de las FAR, y paseos por la noche y muchas risas, y estuve feliz. El día que se fue, Mamá tocó a mi puerta por la noche. Se sentó en mi cama y dijo muy seria que Papá tenía otra mujer; ella sabía que todos acostumbraban a tener otra mujer en las misiones, que él nunca había sido tan amable ni tan cariñoso, y ella le había descubierto un regalo en la maleta antes de irse. Yo intentaba copiar una canción de Fito y Mamá siguió hablando, dijo que todo era una farsa; estaba convencida de que mi padre le había propuesto matrimonio sólo para aparentar una estabilidad familiar y que le dieran el carro, era la doble moral que tenían todos. Yo la escuché pero no quise levantar la vista de la canción de Fito; entonces se molestó, dijo que no podía hablar con nadie: la tía decía que su hermano

111

era un cavernícola y no quería escucharla, yo no me preocupaba por sus problemas; se levantó sollozando y dijo que por fortuna allá en Argentina alguien se acordaba de ella. Quise seguirla para que no se sintiera mal, pero opté por quedarme quieta, no sé por qué; entonces alcé el volumen de la grabadora y Fito gritó para mí.

Esa noche pensé irme a casa de Cuatro, eso dije a Mamá, pero cuando llegué a la puerta de su edificio, miré hacia atrás y descubrí una luz encendida en el quinto piso de enfrente. Si todavía no había visitado a Dios era porque temía y no quería que mi amigo lo descubriera. Además, algo extraño: Dios me había impresionado de pequeña, y al verlo allí aquella primera vez, tengo que confesar que lo imaginé lobo conquistador de jovencitas con aspiraciones de poeta. Eso me provocaba una cierta prudencia que se volvía tentadora. Un ruido oscilando en mis oídos, algo parecido al miedo. Pero el miedo tiene el don de seducir y hacerse manantial cuando se rompe. Entonces crucé la calle, subí las escaleras y un hombre de barba apareció tras la puerta.

—Paul se quedó durmiendo, en su lugar traje poemas míos.

Dios sonrió y comentó lo mucho que había tardado mi visita. Su apartamento no era muy grande y para las tertulias había una habitación cubierta hasta el techo de carteles, fotos, recortes de periódicos, cualquier cosa. Tenía sobre una mesa muchos papeles, un vaso de ron a medio tomar y una vieja máquina de escribir que recordaba la de mi tía. Esa noche fue como un descubrimiento. Pasamos horas conversando, viendo libros, leyendo poemas, mientras Dios bebía, según él, algo «no apto para menores» y fumaba de sus cigarros que apagaba por la mitad para luego encenderlos nuevamente. No sé exactamente si fue mi juventud, o mi espíritu bohemio, y mis ganas de saber, no sé, pero quedé fascinada. Dios hablaba y yo sentía como si aquel espacio, aquella pequeña habitación llena de libros y papeles me hubiera pertenecido de hacía mucho tiempo, y aquel señor de la generación de mis padres, medio hippie y soñador, estaba tan cerca de mí como Dios de los feligreses. Tengo la impresión de que en la primera hora de mi visita estuve puesta a prueba, y cuando me fui, un poco más allá de media noche, supe que podía volver, cuando quisiera; volvería, Dios me estaría esperando con un disco de los Beatles y yo podría leerle los poemas que nunca leí en mi primera visita.

Este encuentro no se lo conté a nadie, ni siquiera a Cuatro, porque sabía de sobra que no le gustaría. El siempre quería lo mejor para mí sin descubrir que no siempre lo mejor es lo más limpio, y la pureza no siempre trae tonos claros. Cuatro por fortuna nada sospechó; ellos ya estaban en último año, el año de pedir las carreras, por eso no se hablaba de otra cosa que de la futura universidad. Cuatro pasó todo el curso sin interesarse en otra cosa, ni siquiera en participar en la restauración del patio de la escuela, porque para ese entonces el país comenzaba a interesarse en la construcción de edificios, y por tanto el director del pre determinó que pasaríamos el año cerrando los supuestos refugios abiertos el año anterior, que no eran más que huecos que afeaban el patio y la gente llenaba de basura.

Mi amigo había escogido Microelectrónica Nuclear. El nombrecito de por sí me resultaba incómodo, pero mucho más incómodo era saber que Cuatro aspiraba a una carrera en Checoslovaquia, y que con su promedio era evidente que en un año tendríamos que separarnos. El Poeta, por su parte, había escogido Telecomunicaciones; siempre le preguntaba cómo un tipo como él quería irse a la CUJAE, a meterse en un mundo de ingenieros y portafolios, pero para el Poeta ahí estaba la magia, decía que el arte se llevaba adentro, pero los avances de la ciencia había que aprenderlos en la universidad.

El día del último examen en el pre fue una gran locura. Yo examinaba por la mañana y ellos por la tarde, así es que los esperé para irnos juntos. A Cuatro los padres le habían regalado una botella de champán cuando le dieron la carrera, y él la guardó celosamente hasta el último día. Fuimos a su casa, comimos algo, agarramos la botella y nos fuimos por ahí. Ellos estaban eufóricos. El Poeta gritaba en medio de la calle y se subía en los bancos de las paradas. Cuatro juró que antes de irse de viaje mandaría a hacerse lentes de contacto; quizás tuviera mejor suerte con las checoslovacas. Yo estaba feliz, aunque todavía me quedara un año para terminar.

La botella apenas alcanzó para las primeras sonrisas, entonces nos fuimos a casa del Poeta, allí siempre había sorpresas agradables y esta vez determinó que abriría uno de los whiskys que su madre escondía dentro de su cuarto. Pasamos horas bebiendo y escuchando música, y cuando ya el alcohol se nos había subido a la cabeza, el Poeta recordó una peña en algún sitio y decidimos ir. A Cuatro hubo que pasarlo primero por la ducha, luego los tres nos pusimos ropa del Poeta, agarramos lo que quedaba del whisky y nos fuimos. Yo parecía no sé qué, la ropa me quedaba grande y todo me daba una risa fenómeno. En la peña encontramos caras conocidas y los trovadores de siempre. Cuatro no quiso beber más, se sentía borracho y eso le daba vergüenza, entonces lo abracé y recité un poema. El Poeta andaba por ahí y Cuatro me abrazó muy fuerte.

—¿A ti te gusta el Poeta?

Me hizo gracia la pregunta y contesté que no. Entonces me tomó las manos mirándome fijamente detrás de su mirada de miope borracho.

—¿Todavía no quieres ser mi novia?

Cuatro era mi mejor amigo, una cosa delicada que guardaba para mí, demasiado grande para limitarlo a un espacio tan pequeño, demasiado cercano para convertirlo en efímero, demasiado mío para quebrarlo. Mantuve su mirada sin decir nada y él se limitó a sonreír, besó mis manos y cambiamos la vista, porque el otro se acercaba proponiendo que volviéramos a su casa porque el whisky había terminado y él estaba seguro que su madre le regalaría otra botella de las que escondía. A Cuatro hubo que convencerlo y casi llevarlo a rastras, pero lo logramos. De regreso se nos sumaron un trovador, dos muchachos y una muchacha. El Poeta abrió una botella de coñac del de verdad y dijo que cada cual hiciera lo que le diera la gana. Yo me senté a observar cómo el trovador cantaba sentado en el piso mientras la muchacha lo escuchaba y los otros dos trataban de estar junto a ella. Cuatro se tiró en la cama a hojear una revista. El Poeta bailaba en el medio del cuarto mirándome con cara de loco. Casi a las dos de la mañana la muchacha estaba muy cerca del trovador y los otros dos decidieron irse. El Poeta regresó de cerrar la puerta y comentó que ya era hora de que se fueran, miró al trovador y éste sacó un paquetico de su bolsillo. Cuatro se despertó con el empujón que le dio nuestro amigo.

—De pie, socio, que llegó la hora buena.

Yo nunca había probado la mariguana, y aunque Cuatro me mirara abriendo los ojos, acepté el cigarro que él rechazaba y fumé con los otros. El Poeta puso a Fito. El trovador y la muchacha se fueron a la sala. Cuatro bebió un trago largo y empezó a mirarnos con la cara seria, porque el Poeta y yo dábamos gritos cantando y nos tirábamos contra la pared para reírnos de cualquier cosa, reírnos de todo y hasta de los comentarios que llegaban de la cama donde estaba Cuatro decidido a emborracharse totalmente porque nosotros estábamos locos, muy locos, y no parábamos de reír. Hubo un momento en que el tiempo se me fue de la cabeza, Fito cantaba y repetía la misma canción y las voces de los otros se hicieron grandes y lejanas. Yo sentí que daba vueltas y que no había paredes, era como un tigre con alas; eso, un tigre con alas planeando encima de la ciudad sin tocarla, sin detenerme en ningún sitio, sin poder detenerme, y entonces tuve miedo y me aferré, sentí que era muy pequeña y ya no era un tigre sino una Frida acobardada tras la escoba, un pedazo húmedo y verde de la nada, y tuve mucho miedo y me aferré, quise regresar del vuelo y descubrí que la humedad eran los labios del Poeta. Abrí los ojos y me aparté de repente. Todo seguía dando vueltas pero Cuatro se había quedado dormido y el otro me miraba.

—Estamos borrachos, Poeta; tremenda nota.

El Poeta hizo un intento de sonrisa y yo me fui dando tumbos hasta el baño. Me senté en el inodoro; de veras tenía muchas ganas de orinar, es lo último que recuerdo.

Al otro día desperté con los golpes en la puerta. Cuatro tenía tremenda cara de susto cuando abrí.

—Se nos fue la mano, flaca, tengo un dolor de cabeza que me muero; ya llamé a mi casa y a tu casa, tu mamá está en candela, dice que no durmió.

Nos lavamos la cara y comimos pasta de dientes. En el cuarto, el Poeta dormía tirado en el piso. Los otros dos no se veían por todo lo visible, pero la guitarra del trovador y sus zapatos estaban en la sala. Yo me fui a la cocina y piqué rodajas de cebolla para meter dentro de los panes que comimos Cuatro y yo de regreso. Cuando llegué a casa, efectivamente, Mamá no me recibió nada contenta.

Los amigos se usan por dentro

Cuando hablé de Dios, Cuatro me miró con mala cara. Su mirada había cambiado después de los lentes de contacto y se veía muy bien, pero su rostro se tensó y una mueca apareció en los labios cuando conté de mis visitas al vecino de enfrente. Para él yo debía dedicarme más a los estudios en lugar de andar conociendo gente rara y deambulando sola en las noches de La Habana. Yo ya estaba en doce grado, me parecía interesante estudiar algo de letras, pero mis notas eran pésimas. Cuatro intentaba aprender checo en la preparatoria y el Poeta era todo un proyecto de ingeniero, hablando de computación y de las muchachas que había conocido en el curso de cine al que se apuntó, en la CUJAE.

Si hablé de Dios aquella vez fue porque mis visitas se habían incrementado. El Poeta pasaba casi todo el día en la universidad y Cuatro estudiaba más que un doctor en Ciencias, así es que mis días pasaban sin amigos y muchas noches prefería la palabra de Dios al silencio de mi cuarto. En casa la vida no cambiaba demasiado: Mamá se acostaba a leer, la abuela dormía frente al televisor, la tía permanecía detrás de sus paredes y yo intentaba escribir versos mientras Frida jugaba con mis papeles. Creo que fue la época en que más poemas escribí, y también el tiempo en que más poemas tuve que botar. Mi incentivo era mostrárselos a Dios, pero casi siempre él sonreía y entonces buscaba un libro y sin decir nada acababa por convencerme de que la poesía era otra cosa, más allá del simple ordenamiento de palabras, más allá de cualquier cosa que yo quería alcanzar. Eran noches agradables, se podía fumar a gusto y beber, cuando el contenido etílico no era material explosivo. Dios era todos los días un descubrimiento, y a veces me recordaba a la tía, no sé por qué. Pasaba las noches despierto, y con frecuencia permanecía en su casa sin ver el sol, bebiendo y ordenando papeles, medio sucio y despeinado, hasta que le entraban ganas de ciudad y se iba a la calle, a cualquier sitio, a ver todas las películas del mundo y meterse en todas las tertulias de la UNEAC, o todos los conciertos y las peñas subterráneas; eso me fascinaba, porque manejaba el tiempo a su antojo, y era totalmente libre de hacer lo que le daba la gana. Alguna vez pensé que yo había nacido en otro tiempo. En su casa me sentía libre y sin necesidad de mentir. Era cómodo. Por eso cuando mis amigos andaban ocupados, yo salía con Dios; era otro mundo, una forma diferente de aprehender la ciudad. Por aquel entonces, La Habana era una ciudad con luces y muchos lugares adonde ir, conciertos de la nueva trova, muestras de cine, estrenos en todos los teatros. La gente que conocía me parecía curiosa, los muchachos en las peñas, las parejas que se formaban, todo resultaba un mundo interesante que yo debía observar y observaba. A veces comenzaba cualquier conversación ocasional y yo guiaba las palabras de tal forma que el tipo permanecía casi todo el tiempo hablando; era increíble, la gente hablaba y hablaba y cuando se emborrachaba hablaba más, y yo escuchaba todo el tiempo, sintiéndome ajena, fuera del escenario, que con frecuencia me resultaba falso, construido a fuerza de lugares comunes, intereses comunes y actitudes que por regla general debían ser comunes. El Poeta decía que yo era una autosuficiente con los ojos muy bonitos y debía buscarme un novio, porque eso le gustaba a los muchachos. Cuatro alegaba que no me quedaba bien la pose de «solitaria incomprendida», que dejara esa farándula y me pusiera a estudiar. Dios no me decía nada, servía un trago para mí y colocaba un disco de los Beatles, entonces yo cruzaba los pies encima de la silla y empezaba a hablar de cualquier cosa.

El tiempo pasó muy rápido y apenas noté el montón de meses que alejaban las primeras vacaciones de Papá. Mamá seguía recibiendo cartas colectivas que leía para mí, pero de repente algo cambió. Supe que algo cambió un día, cuando llegué a casa y toqué en el cuarto de la tía, Mamá abrió la puerta con violencia, le di un beso y empezó a regañarme diciendo que era muy tarde para andar por ahí, que ella ni sabía qué estaba haciendo yo, ni con quién andaba; entonces me señaló mirando a la tía y afirmando que era igualita que su hermano, que lo imitaba en todo, y hasta en la forma de moverme y andar en pantalones y camisas que me quedaban grandes. No supe qué decir, miré a la tía y Mamá agarró mi rostro.

—Decime dónde andabas, y sin mentir; ya no soporto una mentira más.

Permanecí callada y mi madre cerró los ojos, soltó mi rostro y abandonó el cuarto. Me quedé sin saber qué hacer. La tía se levantó, dijo que no le diera importancia, mi madre estaba histérica, pero yo no tenía la culpa. Entonces pregunté qué había pasado. Ella se acercó a mí, abrió los ojos y con gesto de demente dijo muy bajito «Todos están locos, tienes que escapar de aquí». «Pero ¿qué pasó?», volví a preguntar. Entonces movió la cabeza.

—Es tu padre, niña; tu pobre madre no escogió un buen marido y va a acabar volviéndose loca como todos en esta casa.

En realidad intentar obtener más información de la tía era prácticamente imposible, pero me asusté mucho. Pensé que a Papá le había ocurrido algo y el solo hecho de pensarlo me aterró. Fui al cuarto y encontré a Mamá secándose las lágrimas. Ella levantó la vista y se acercó a mí rogando que la perdonara, diciendo que yo era su nena querida y me había tratado mal porque estaba nerviosa.

—¿Qué le pasó a Papá? —dije casi gritando y muerta de miedo.

Mamá se sentó en la cama y respiró, entonces dijo que no le había pasado nada: estaba bien, sólo que demoraría un poco en tomar vacaciones porque tenía mucho trabajo y eso la había puesto nerviosa. Mamá mentía, era evidente que mentía.

—Pero ¿mi Papá está vivo?, ¿no le pasó nada?

Dijo que sí, estaba vivo y vendría pronto, yo no tenía que preocuparme, estaba muy nerviosa porque no había recibido cartas, pero ese día habían venido los compañeros de atención a familiares de internacionalistas y él estaba bien, sólo que el trabajo le impedía escribir, pero estaba bien, y volvió a pedir disculpas por su actitud anterior. Imaginé que Mamá se había enterado de alguna historia con mujeres y por eso estaba así. Respiré y me fui del cuarto muy molesta y pensando que mi padre estaba arriesgando su vida allá en Angola mientras ella sólo se preocupaba por ese matrimonio absurdo. En otro tiempo, quizás mi reacción hubiera sido irme a casa del abuelo, pero el abuelo me había decepcionado. Cuando mi padre dejó de visitarlo, juré que nunca más se quedaría sin familia, y entonces iba a su casa sin decírselo a nadie. Él me atendía como de costumbre, decía que era un viejo solo y Papá no lo quería, y eso me daba lástima; entonces procuraba reunir dinero para comprarle una botella de regalo. Él se ponía muy contento y hablaba de hacer un plan para conseguir que Papá volviera a ocuparse de él. Nunca hablé con mi padre y seguí visitando al abuelo, pero entonces empezó a cambiar. Ya no era el mismo, decía que su hijo tenía mucho dinero y era justo que le diera un poco a él porque al final no era más que un viejo solitario. Entonces, poco a poco, algo cambió dentro de mí. Al abuelo no le interesaba mi presencia, le interesaba mi padre porque le daba dinero. Eso me hizo muy triste y decidí no visitarlo más, quizás algún día, pero no con frecuencia. Yo quería un abuelo, sencillamente algo familiar lejos de la casa grande, pero en verdad nunca lo tuve. Por eso, aquel día me encerré en el cuarto con Frida y escribí un poema que hablaba de la guerra y los héroes que dan todo a cambio de nada, de defender las causas de los otros como hizo el Che. Guardé el poema en un sobre y decidí que se lo mandaría a mi Papá.

Cuando terminé el doce grado, efectivamente no cogí carrera. Pedí Historia del Arte y otras que sabía de sobra no me darían; en cambio pude optar por el pedagógico de cualquier cosa, sólo que no tenía alma de pedagoga, así es que no pedí nada más. Sé que Mamá se sintió un poco triste, aunque no lo dijera; me regaló un libro de Borges, uno de Cortázar y otro de Sábato, y agregó que la verdadera universidad estaba en los libros. Yo me sentí feliz. La tía abrió una botella de vino y propuso un brindis por mi liberación del régimen escolar. Me sentí contenta. La abuela no me regaló nada, miró de medio lado y comentó: «Vamos a ver qué piensa tu padre…». Pero para sorpresa de todas, Papá no me regañó. Hacía casi un año no venía de vacaciones y escribió una carta muy extraña, donde hablaba de las personas y las aspiraciones, que a veces se confundía el deber con el querer, y uno siempre debía tratar de hacer las cosas que mejor lo hicieran sentirse. Si yo no quería el pedagógico, era mejor que no hiciera nada, porque corría el riesgo de fracasar en mi empeño de hacer lo correcto, y luego no habría dios que me salvara de tal vergüenza. La carta fue ciertamente muy extraña, aunque Mamá dijera lo contrario. Yo aparenté estar tranquila, pero en el fondo sentí que lo había traicionado; él era un héroe para mí, sin embargo no pude ser buena estudiante para él.

Ese verano Cuatro se fue a Checoslovaquia. Los últimos días estuvimos muy juntos, él, el Poeta y yo. El Poeta, después de varios meses en la CUJAE, acabó por convencerse de que las ciencias eran muy interesantes, pero lo que le gustaba eran las letras, así es que con su buen promedio y su inteligencia, consiguió cambiarse para Historia del Arte.

Cuatro, aunque entusiasmado por comenzar la carrera y brindar sus aportes al mundo moderno, se veía un poco triste. El último día estuvimos todo el tiempo en su casa. La mamá preparaba la maleta, mientras el padre escribía una lista con los científicos que conocía en Europa. El Poeta grababa casetes con las mejores canciones de Silvio y Fito Páez, las que no se podían olvidar. Yo andaba cabizbaja, observando todos los movimientos desde el balcón y la mirada esquiva de mi amigo detrás de su nueva imagen de miope con lentes. Cuando la mamá se fue a la cocina quedamos solos en el cuarto. El Poeta me miró, hizo un gesto con los labios y dijo que bajaría a comprar cigarros. Sonreí porque el Poeta no fumaba y esperé a que cerrara la puerta para acercarme a Cuatro, sentado en la cama.

—Podría decirte que te voy a extrañar, pero mejor es decir que te deseo lo mejor del mundo.

Cuatro levantó la vista y sonrió con desgana.

—Yo vi cuando el papelito cayó a tus pies, cuando copiaste el examen, y luego cuando lo escondiste en tu media, lo vi todo, flaca, y supe que me enamoraría de ti.

Sus palabras me dieron una alegría demasiado adentro y agarré su mano.

—Yo también te amo, Cuatro, sólo que de otra forma, ya sabes, eso de tener novio todavía me parece una cosa extraña.

—Un día va a aparecer un tipo de la nada y cambiarás de opinión; ya verás, no es nada extraño, es más bien mágico; yo voy a escribirte todos los días del mundo y ya me contarás —sonrió—. Espero que no te empates con el viejo de enfrente.

Me levanté sonriendo, diciendo que no con la cabeza y empecé a recitar:

No rompas el hechizo de esta tarde de verano.
Trágate tu amor imposible.
Ámalo libre.
Ama el modo en que ignora que tú existes.
Ama al cisne salvaje.

Cuando di la vuelta, mi amigo me miraba tiernamente.

Día a día contemplo las nubes
y me digo:
sólo el deseo es eterno.

A mí se me hizo un nudo en la garganta, porque Cuatro me miraba y yo pensé en tantas cosas y en que al otro día ya no estaría más y eso era algo bien triste, porque serían cinco años y como también dijo Wichy:

El tiempo no se detiene, no mira atrás, no regresa.

El tiempo nos haría diferentes, es una ley.
—Déjame abrazarte, Cuatro.
Mi amigo se levantó bruscamente y me abrazó muy fuerte. Quise decirle muchas cosas, pero me contuve. Hay espacios que no llenan las palabras. Después que

Cuatro se fue, me quedé en casa, encerrada en el cuarto. Frida dormía encima de la almohada, la besé. Ella estiró la cabeza rozándome con su pelo y empezó a hacer runrún sin abrir los ojos. Supe que me quería mucho y sonreí pensando en Cuatro.

La fosa vacía

Los primeros días después del regreso definitivo de Papá fueron un poco extraños. Lo sentía triste y pensaba que era quizás un estado consecuencia de la paz después de tanta guerra, pero sabía que en el fondo esto no era más que una buena justificación de las que yo sabía inventarme. Papá regresó distinto, un poco flaco y con los ojos apagados. Mamá se veía distante y asumí entonces como conclusión que mi padre tenía nuevamente otra mujer y mi madre lo sabía. Pero él no salía de casa.

Por aquel entonces yo en verdad no hacía nada. Dormía las mañanas y en las noches me iba al cine, a casa de Dios o a donde el Poeta, que ya era todo un estudiante de Historia del Arte, con la natural arrogancia de todos los que empiezan a estudiar letras, pero de insolencias yo sabía suficiente, así es que no me molestaba. Lo que me resultaba extraño era la complacencia con que mi padre había aceptado el hecho de que yo no fuera a la universidad, aunque me parecía bien, una rara apertura en la mentalidad de un militar de carrera. Algunas veces solíamos comer juntos. Nos sentábamos los tres a la mesa como hacía tiempo no se hacía. Mamá servía callada y él comía mientras yo intentaba decir cualquier cosa y preguntarle sobre la guerra y el África y la mosca verde que te pica. Papá sonreía y hablaba sin muchas ganas, hasta que un día se quedó muy serio y recostándose a la silla me miró.

—La vida de militar es dura y tu padre está cansado... He decidido retirarme.

Mi madre lo miró abriendo los ojos y él continuó.

—Quiero cambiar un poco mi vida, así es que he decidido dejar el uniforme; tu padre ya no será más un militar; estoy cansado, es eso, simplemente estoy cansado. Después de estas vacaciones cuelgo los guantes y retorno a la vida de civil.

La idea de mi padre sin el uniforme no me pareció mal, sólo que no entendí por qué tanto misterio, por qué no se puede cambiar el rumbo y basta. Propuse un brindis por su decisión y Mamá corrió a buscar una botella de ron. Bebimos los tres y Papá acarició mi cabeza como no había hecho en mucho tiempo. Me sentí feliz.

En estos primeros meses las cartas de Cuatro llegaban con frecuencia. Hablaba de su admiración por el viejo continente, de las noches en Praga, los nuevos amigos y las muchachas checoslovacas. El Poeta y yo nos reíamos encerrados en su cuarto imaginando a nuestro científico con su nuevo look de lentes de contacto en su búsqueda del amor a toda costa. El Poeta seguía siendo el mismo, conquistador y farandulero, inteligente y un poco snob, bastante amigo y cómplice en borracheras e incursiones hacia la yerba de la felicidad, el suero de la risa. En su casa se reunía bastante gente y era divertido. A todos nos gustaba ir allí porque se podía hacer lo que nos diera la gana. Él casi siempre estaba solo, la madre viajaba y el Poeta inventaba fiestas donde se cantaba hasta el amanecer y se hablaba del mundo. Era una época en que todos se interesaban demasiado por el mundo. Algunos usaban pulóvers con el rostro del Che y se declaraban quijotes en un mundo de paz, donde no hubiera dictaduras, ni diferencias, ni tanta gente muriéndose de hambre. Otros se preguntaban por qué a un amigo le habían negado el ingreso en la Juventud por tener familia en Miami. Algunos decían que la Juventud era una mierda, otros que Miami era un refugio de frustrados sin cojones. Yo los escuchaba mientras bebía, porque me gustaba escuchar y me gustaba beber. Ver los rostros transformándose mientras bajaba el alcohol y las palabras fluían velozmente, cada vez más precisas y más llenas de rabia, pero cada vez más palabras, más adjetivos y verbos y sustantivos bellos, pero solamente palabras, porque verdaderamente lo único que se hacía era beber y pasar el tiempo juntos y felices, tratando de organizar el mundo que ciertamente ninguno se proponía organizar.

En casa de Dios, el cosmos se organizaba diferente. Las tertulias eran sólo entre él y yo, y no nos importaba demasiado el mundo. Me importaba el mundo que llegaba a través de los escritos que me hacía leer y las historias que contaba de un tiempo atrás, antes de mi nacimiento, cuando todo surgía y La Habana iba formándose una ciudad distinta; el tiempo en que mi madre conoció a mi padre, se enamoró de su uniforme y decidió dejar sus tierras mientras Dios era un hombre casado y trabajaba en el ICAIC, donde todos eran jóvenes y todo eran esperanzas de construir un mundo nuevo. En estos tiempos, ya todos eran un poquito viejos y Dios hacía rato estaba sin trabajo y sin mujer, pero no le importaba: estaba lleno de libros y de música y amigos jóvenes, como yo, que acudían a su casa a emborracharse con él, mientras soñaban con ser grandes escritores o poetas y llenar las librerías o salas de conciertos y Dios nos dejaba soñar. Me dejaba soñar y ordenar mis ideas, porque con él, no sólo tenía el don de la escucha, también tenía el don de la palabra. Todo lo contrario que ocurría en la casa grande. Hacía mucho tiempo había definido mi lugar en ese puesto y eso estaba bien, saber colocarnos en nuestro justo lugar es algo bien preciado e inteligente.

En la casa grande yo me inventaba mi mundo. Me encerraba en el cuartico a escuchar música y escribir mientras jugaba con Frida, que por aquellos tiempos andaba un poco descompuesta y entonces reclamaba amor a toda hora. Papá era todo un oficial retirado que pasaba el día en pijama y chancletas leyéndose el periódico o cualquier cosa dentro de su cuarto. Mamá se veía un poco alegre, porque la correspondencia con su hermana porteña se había vuelto cosa cotidiana y ella se iba al cuarto de la tía para enseñarle las fotos y hablarle, no sé cómo, porque la tía seguía siendo sombra. Ya apenas se escuchaba el teclear de su máquina, sólo el ruido del viejo radiecito remendado con esparadrapo. La abuela, por su parte, acumulaba años como un karma, creo que verdaderamente la única cosa importante que hizo ella para cambiar su vida fue la relación con mi abuelo. Lo demás fue dejar pasar el tiempo alimentando amarguras y malos humores que yo trataba de alejar encerrándome detrás de la puerta que me hacía observadora de la casa grande y sus mutismos. Pero el mutismo siempre admite cambios de estado.

Fue un domingo. Era domingo y era mediodía y pasaban por televisión la película de la tanda del domingo y estaba la abuela sentada frente al televisor y Papá recostado en el sofá con su pijama y sus chancletas plásticas y Mamá dando vueltas de la cocina al televisor y del televisor a la cocina y yo en mi cuarto, con Frida durmiendo encima de la almohada. Desde mi cama sentí algunas voces hablando alto, pero entre el ruido de todos los televisores del edificio y la música que escuchaba no pude definir bien y tampoco me importaba demasiado, hasta que sentí que golpeaban en mi puerta llamándome por mi nombre, y la voz de mi padre tratando de superar la voz del tío que insistía para que yo saliera del cuarto. Salí del cuarto. El tío me sonrió y tomó mi mano conduciéndome a la sala. Papá se veía molesto y Mamá nerviosa.

—Quiero que todos estén presentes, porque no creo que este hijoeputa les haya dicho la verdad.

El tío hablaba mirando a Papá con odio. Hacía mucho tiempo no lo veía y su pelo largo ciertamente no le quedaba nada mal, tampoco la argolla que llevaba en la oreja. Lo que sí no le iba muy bien era su movimiento un tanto refinado, y el pelo rubio, pero el tío era maricón y eso era algo que yo había aceptado hacía mucho tiempo. Lo que no acepté fue su venganza o la mentira; no sé, exactamente no sé qué fue lo que más me molestó en el primer momento. El tío sonrió muy irónico y empezó a hablar.

—Así que yo soy un maricón, degenerao, ¿no?, así que tuve que irme de la casa porque no soy un buen ejemplo, ¿no?, así es que tú no ibas a permitir que tu hijita

creciera en un mundo de pervertidos y débiles, que a tu
hermana le perdonas las histerias porque es mujer, pero
a mí no porque soy un maricón de mierda, y tú eres un
hombre que no permite eso, ¿no?, pues ahora dile a tu
hijita, cacho'e cabrón, por qué andas en pijama, ¿eh?, ¿se
lo dijiste?, dile qué fue lo que hizo el hombrecito de la
casa en Angola, ¿eh?; no se lo dijiste porque mima me lo
contó ahora que se terminó la guerra, a tu hijita le inven-
taste una historia porque no tienes cojones para contarle
que perdiste los grados por cobarde... —el tío me miró
y yo cerré los ojos, no sé qué hicieron los otros y tampoco quise saberlo, como tampoco quería escuchar al tío
que seguía hablando y hablándome a mí, que abrí los
ojos cuando me agarró por los hombros mirándome fijamente—. Tu papito se apendejó en Angola; en medio de
un combate de esos gloriosos de los que van a salvarle el
culo a los otros, él prefirió salvar su culo y se apendejó y
lo declararon cobarde y le quitaron las estrellas delante
de todo el mundo y lo hicieron soldadito raso y lo mandaron a la misma mierda que van todos los soldaditos de
veinte años, y él como es tan valiente no tuvo los cojones
de contárselo a ustedes y prefirió quedarse allí y pasar
todo el tiempo para que aquí no pensaran mal de él, hasta que tu madre se enteró por los mierdas de asistencia a
internacionalistas y se lo tuvo que decir a mi madre y
acordaron que nadie te lo diría a ti, que esto era un secreto de familia como era un secreto que yo era maricón
y todos lo sabían en esta casa y tu padre lo sabía bien, todo el mundo lo sabía, que siempre he sido maricón y no
me arrepiento porque tengo los cojones para gritárselo a
todo el mundo, los cojones que no tiene tu padre para

134

decirte que es un cobarde de mierda, que se apendejó en la guerra y ahora está en plan pijama y yo quiero que tú me digas quién cojones es más maricón, quién es más cobarde y más mierda y más deplorable, ¿a quién hay que condenar más?, si a mí porque me gustan los hombres y no lo oculto o a él porque toda su vida ha sido un mierda, falso moralista que se casó con tu madre para poder comprar el carro, mientras toda su vida ha sido un fascista de mierda que me botó de mi casa, nos obligó a romper relaciones con nuestro hermano mayor porque se fue pa' Miami y le hizo la vida imposible a tu tía cuando se enamoró del profesor, eso tú no lo sabes, pero esa mierda es lo que tienes de padre y ahora me alegro... —el tío me soltó y caminó hacia Papá, que estaba tieso—, me alegro porque eres un frustrado de mierda que no sabe qué hacer con su vida, me alegro cacho'e cabrón, he estado años esperando que hicieras algo, porque al final sabía que ibas a hacer algo, la mierda siempre se sale de la fosa, yo puedo andar por la calle y no me importa que me digan maricón porque soy maricón; tu hermano es mariconzón, pero tú, ¿qué vas a hacer?, ¿qué vas a hacer, honorable oficial de las Fuerzas Armadas Revolucionarias?

El ruido del bofetón que le dio mi padre a su hermano se aplacó un poco con la risa nerviosa de la tía, que había aparecido sigilosamente en la sala y en esos momentos reía como una loca histérica, como la loca histérica que era. Yo respiré para quitarme un poco la nebulosa que aparecía en mis ojos y me levanté. Di varios tumbos para llegar al cuarto y conseguí cerrar la puerta segundos antes de que mi madre lograra entrar. Adentro busqué nerviosa el monedero en mi cartera, me puse un jeans encima del short que llevaba puesto y volví a salir del cuarto. Mamá estaba junto a la puerta y trató de abrazarme, pero la aparté con una fuerza bruta y seguí caminando, alcancé la puerta de la calle mientras atrás sentía las voces que apenas definía y Mamá llamándome desde la escalera que yo bajaba saltando escalones sin mirar nada, sin saber. Me fui al bar de la esquina y compré una botella de vodka; me gustaba el vodka y era en verdad lo más barato que se podía conseguir en esos tiempos. Entonces salí a caminar. Caminé mirando los carros y sintiendo el ruido de la calle, tratando de hacerlo más fuerte, sentirlo bien fuerte hasta que llegué a un parque y empecé a beber. Me gusta beber. Me senté en el banco y como estaba tan nerviosa traté de beber más rápido, muy rápido; el alcohol tiene el don de desaparecerlo todo o al menos hacerlo menos nítido. En verdad no quería pensar en nada, ¿pensar en qué?, en nada, y el alcohol tiene la facultad de bloquearte los sentidos si procuras no pensar, porque si piensas entonces te viene todo más transparente y real y es todo una mierda. Yo simplemente no quería pensar y por eso bebía, tragaba en seco y bebía porque ni siquiera podía llorar; ¿llorar qué cosa?, ¿a quién? Hacía mucho tiempo había decidido que no lloraría nunca, por nada, ni por nadie. Cada cual que se llore a sí mismo. Yo sólo bebía y me sentía un poco mejor. Empecé a pensar en mi padre agachado bajo una mata mientras afuera se formaba el tiroteo, y esto me dio tanta gracia que comencé a reír. Construir imágenes siempre ha sido un buen método. Papá tapándose la cara y afuera los demás vestidos de uniforme disparando mientras el tío bailaba una danza todo teñido de rubio, delicado y tierno, bailando para que mi padre no sintiera miedo, para que no fuera un cobarde y fuera un héroe para mí, que fui una mala estudiante para él, por eso no le importó que yo no llegara a la universidad, por eso aquella carta extraña, por eso la cara de Mamá, por eso todo y la delgadez de su regreso y yo siempre la niña a la que nadie quiere decirle nada para no hacerle daño y la niña sabiéndolo todo, descubriéndolo todo, que es peor y es más hiriente. Las verdades a medias o la absoluta verdad; ¿de qué color será la verdad?; carmelita, imagino, como la mierda.

Bebí tanto esa tarde que luego tuve deseos de seguir divirtiéndome y pensé en el Poeta, porque de repente comencé a sentir una rabia extraña y eso no estaba bien. Cuatro no estaba. Dios a esa hora estaría durmiendo la borrachera del sábado, mi luz era el Poeta, y decidí irme a su casa caminando.

No sé qué cara tendría cuando llegué. A él ciertamente lo veía un poco en la bruma. Yo estaba borracha. Entramos a su cuarto y me trajo un vaso de agua que rechacé porque tenía deseos de bailar, escuchar música bien alto y dar vueltas, muchas vueltas y sentirme bien. El Poeta fue por la música mientras yo me tiré en su cama apartando los libros y libretas que había sobre ella. Le pedí un trago y él dijo algo, pero seguramente lo miré muy seria porque al momento se apareció con una botella de algo que ahora no sabría definir. Puso a Fito Páez y se tiró junto a mí en la cama. Yo empecé a hablar y beber. Él me seguía la corriente, lo sé; preguntó qué me pasaba y respondí cualquier cosa que lo hizo no preguntar más. Las imágenes de esa noche las tengo aún muy borrosas. Sé que estuvimos conversando mientras bebíamos, y yo fumaba y hablaba. Hablé mucho, pero no puedo definir exactamente qué fue lo que dije, sólo sé que en un momento empecé a llorar. Lo sé. Lo recuerdo, aunque no puedo virar el tiempo atrás para congelar la imagen y desaparecerla. Sé que en un momento lo abracé y empecé a llorar y él me besó el pelo y me abrazó y en realidad era lo único que yo quería. Un abrazo, sólo eso, un abrazo y que me dejaran llorar un poquito, al menos un poquito de vez en cuando, sin que nadie lo sepa y sin saber por qué, sin querer ni siquiera definirlo. Llorar y quedarse limpio y vacío y listo para continuar. Quedarse así tan quieto como aquella noche en que el tiempo empezó a perderse mientras la música sonaba y todos los rostros iban desapareciendo lentamente y yo me largaba lejos, hacia un sitio indefinible y cómodo, donde no se logra estar casi nunca y por eso era bueno; dejarse llevar y que la música fuera el centro de tanto querer largarse y escapar y volverse otra cosa: un tigre que vuela, o una Frida descompuesta, no lo sé; cualquier otra cosa pero una cosa diferente.

La mañana siguiente me desperté con un fuerte dolor de cabeza. Miré el techo y traté de incorporarme. El Poeta estaba sentado en una silla frente a mí y me miraba muy serio. Intenté sonreír y la cabeza se me fue hacia atrás.

—¿Cómo te sientes?

—Como una mierda, ¿hablé muchas boberías?

El Poeta suspiró, hizo un gesto con los labios y mantuvo su mirada.

—¿Cómo te sientes? —volvió a preguntar. Yo lo miré de mala gana y dije que tenía sed, mucha sed, y todo me daba vueltas. Él abandonó la silla y se sentó junto a mí pasándome la mano por el pelo con mucha ternura.

—Flaca…, yo te quiero mucho, ¿tú sabes?

Estaba demasiado serio y lo miré extrañada.

—¿Qué coño te pasa, Poeta?; estaba borracha, llegué borracha, lo sé… Bueno, eso sucede, todavía estoy borracha, Dios…, no me siento el cuerpo.

Él empezó a acariciarme lentamente el rostro y entonces noté algo en su mirada, algo distinto que tampoco podía definir, aunque quisiera; no podía definirlo y caí en la cuenta de que era lunes y el Poeta estaba en casa; no había ido a la universidad porque su amiga dormía en su cama, aún borracha por la noche anterior, y él se veía muy bien, muy claro y nada turbado como yo.

—Yo no sabía que eras virgen, flaca, no lo sabía, pero yo te quiero, ¿sabes?

Cerré los ojos e intenté sonreír. Sólo entonces me di cuenta que estaba completamente desnuda en la cama del Poeta, desnuda frente a él con su rostro de culpa y arrepentimiento y tanto de ternura y qué sé yo. Abrí los ojos.

—¿Que era virgen, Poeta?, ¿que era?

Intentó abrazarme, pero me levanté bruscamente, tapándome con las sábanas. Recogí mi ropa que estaba tirada a los pies de la cama y me encerré en el baño. De repente lo odié todo y no supe qué odiaba exactamente. Me paré frente al espejo y odié mi cuerpo desnudo. Mi esqueleto dibujándose bajo la escasa piel, bajo mi blanca piel, tan blanca que daba casi pena, casi lástima mis piernas flacas y mis caderas aún adolescentes, mis senos denunciándome niña, pequeño animalito negándose a crecer.

Cerré los ojos un poco y volví a abrirlos para encontrarme otra vez ridícula dibujada en el espejo, metida en este cuerpo que odiaba y no me dejaba libre. Yo no era lo que estaba en el espejo; el espejo era otra máscara, una nueva transfiguración, otro silencio. Yo estaba un poco más acá, y para comunicarme con el mundo necesitaba esta presencia absurda, estos ojos azules que me iluminaban toda para no dejar ver el gran desastre que crecía bajo ellos, la gran mentira. ¿Qué quería el Poeta? Yo no era mi cuerpo y él tomó mi cuerpo por equívoco. Odié al Poeta y a su cuerpo que ni siquiera había sentido, que no conocía y tampoco quería conocer. Quería ser éter y un poco fantasma dibujándose en el aire. Para ser mariposa, primero hay que ser gusano, pero yo quería ser el ruido de las alas, no el ente material absurdo que los otros pueden ver. Y no quería que nadie me tocara; ser virgen me importaba una mierda, pero odiaba mi cuerpo y no quería tocarlo, no quería verlo, ni saberlo cierto, ni nada. Decidí odiar al espejo y al Poeta, y odiar mis ojos porque pueden ver, el rostro de la gente, la cara de mi padre, el tango en la mirada de mi madre, la mueca de mi abuela, el pelo rubio del tío, el asco de la tía y mi presencia; hasta mi presencia podía ver y por eso odié al espejo sustituto del ojo que delata.

Me mordí los labios y apenas quise rozar los dedos con mi carne mientras me vestía con los ojos cerrados. Sentía asco. Un asco inmenso por todo y ganas de vomitar por tanto alcohol en mi organismo y tanta mierda en la cabeza. La mierda siempre se sale de la fosa, eso había dicho el tío, pero yo ya había llorado bastante, así es que la fosa estaba nuevamente vacía y había que continuar.

Cuando salí del baño el Poeta intentó decir algo, pero lo interrumpí.

—Nos vemos, Poeta.

Caminé hacia la puerta y cerré a mis espaldas sin ver el otro rostro. Afuera era el mediodía de un lunes cualquiera lleno de sol, como todos los mediodías de La Habana. Pensé que sería bueno irse por una pizza y un helado en Coppelia y salí a caminar.

Circunferencias concéntricas

Blum, blum, blum, así sonaban las piedritas cuando caían al mar y luego formaban circunferencias concéntricas que iban creciendo, expandiendo su radio mientras yo continuaba lanzando nuevas piedritas desde mi posición en el muro del malecón, diez minutos después de haber hablado por teléfono con Mamá, tres días después de haber salido de casa.

Mi situación no era lo que pudiera decirse completamente patética. Estuve dos días dando vueltas por la ciudad, sin que me importara casi nada, comiendo pan con croqueta en los timbiriches y helado en Coppelia. Durmiendo una noche en la Funeraria de Calzada y K y la otra en Zapata. La de Calzada me gustó más, había más gente y más historias entretenidas, más muertos, quiero decir. El tercer día decidí llamar a casa, temía que en una de esas incursiones oníricas me encontrara con alguno de mi familia y fue por eso que determiné dar noticias mías. Mamá fue quien contestó al teléfono, toda alterada y llorosa, como era de esperar. Dije que estaba bien y mi mayor preocupación era que hubieran olvidado dar de comer a Frida, el único ser cuerdo en la casa grande. Mamá dijo que Frida era el único ser que estaba bien, todo lo demás un caos. Entonces acordamos que nos veríamos en el malecón, ella debía llevarme a Frida y algo de ropa, porque había determinado pasar unas semanas en casa de un amigo. El amigo era Dios, que en esos momentos todavía no conocía mi decisión de irme a su casa.

Mamá llegó veinte minutos antes de lo acordado, colocó en el muro el maletín por donde Frida asomaba su cabecita y me abrazó llorando. No la esquivé. Pasé mis brazos por detrás de su espalda y con una mano comencé a acariciar el cuello de la siamesa que abría sus ojos azules asustados y trataba de moverse para salir del maletín, mientras del otro lado el tango gemía y gemía, hasta que se incorporó secándose las lágrimas y entonces comenzó a hablar.

La cosas fueron así. Cuando yo salí de casa, Papá y el tío se cayeron a piñazos, Mamá corrió hasta la escalera para seguirme y tuvo que regresar cuando escuchó el grito de la abuela, porque la tía se había subido a la ventana con amenazas de tirarse. El tío agarró a la tía y a la abuela le dio un patatús. Papá trató de reanimar a la abuela pero como no respondía tuvo que cargarla para llevársela al hospital. Todos fueron al hospital. El tío conduciendo a la tía en medio de un ataque histérico, Mamá conduciendo a la abuela y Papá conduciendo el Lada. Por suerte, yo no iba en el carro. A la tía la calmaron con pastillas y la remitieron a próxima consulta con el psiquiatra. A la abuela la dejaron en observaciones. El tío se quedó con la abuela. Papá y Mamá regresaron a casa. Mamá acostó a la tía y seguramente cantó *Balada para un loco* mientras la dormía. Luego regresó a la sala, donde

144

Papá debería estar fumando. Dijo que quería divorciarse y él aceptó. Mamá se puso a buscar en la libreta de teléfonos el número de cualquier amigo mío para localizarme, pero yo no tenía amigos, así es que desistió de la idea y se dispuso a esperar mi aparición. El siguiente día Papá fue a buscar a la abuela al hospital, Mamá se comió las uñas que le quedaban porque yo no aparecía. Papá apenas hablaba y Mamá, alterada por mi ausencia, dijo que si no aparecía él cargaría con la culpa por siempre. Papá aceptó, entonces Mamá dijo que no le hablaría nunca más en todo lo que le quedaba de vida y que en cuanto yo apareciera, buscaría un lugar para irnos a vivir lejos de la casa de los locos. Yo no dije nada, porque sabía de sobra que Mamá no tenía adónde ir. El próximo día fue una angustia total. Papá salió a buscarme por la ciudad y Mamá tuvo que quedarse atendiendo o más bien supervisando a la abuela que roncaba y la tía que seguía acostada con los ojos abiertos sin decir nada. El tío llamó por teléfono para preguntar por mí y Mamá lo mandó a la mismísima mierda. Papá regresó en la noche y se echó a llorar tirado en el sofá de la sala. Mamá comentó que en la mañana siguiente iría a la policía. La mañana siguiente yo llamé.

Todo esto en medio de un gran guión podría dejar atrás a unos cuantos cineastas de la historia del cine. Sólo que yo tenía dieciocho años y ésta era mi familia. Mamá quiso seguir hablando, pero la interrumpí.

—Mejor olvidarlo todo, mami; me voy a casa de un amigo y cuando regrese ya lo habré olvidado todo.

Me abrió los ojos, y sonreí. Sonreír siempre fue un buen método; cuando todo resulta demasiado absurdo, una buena sonrisa puede alejarnos un poquito. Pensar que nada ha sucedido, convencerse, creer en la mentira, repetirla una y otra vez hasta que quede la duda y luego el convencimiento de que puede ser verdad. Es un buen método, al menos funciona. La verdad puede ser organizada, así ocurría en la casa grande, sólo que alguien siempre metía la pata: demasiado débiles todos, demasiados cómplices en las mismas mentiras. No. Mi mentira no podía ser compartida con nadie. Yo tenía que salir del radio de circunferencias concéntricas de la casa grande, tenía que salirme. Luego todo sería soportable. Todo cuando se mira desde afuera es soportable, entendible, perdonable; todo. Basta estar afuera, y hacía mucho tiempo yo era una observadora simplemente. Yo no existía para ellos, o existía, sí, pero sin sentidos aparentes. Te enseñan a caminar y a pensar; luego no quieren que pienses, quieren seguir pensando ellos, pero como no saben hacerlo, entonces te toca a ti hacer algo. Yo no quería cambiar nada, no me importaba cambiar nada; cada cual es dueño de su suerte; es más: para hacerlos felices, sería capaz de comprarle una colección de tangos a Mamá, tres toneladas de cuchillas a la tía, una máscara a Papá, tintes de todos los colores al tío, y un colchón de agua a la abuela para que acabara de hundirse; yo lo compraría todo y luego me largaría, dueña al fin de mi suerte, porque nada existía dentro de mí. Todo como un film neorrealista visto en la cinemateca: apagan la pantalla y tres cuadras más allá del cine ya estás hablando de otra cosa. Ni siquiera la historia con el Poeta podía existir, yo no recordaba nada, y la memoria es quien puede delatarnos, pero si no recuerdas nada, entonces nada existe. Opté por la amnesia. Eso estaba bien.

Mamá no quedó muy contenta con mi decisión de irme un tiempo de casa, pero acabó aceptando y prometí que llamaría con frecuencia para saber de ellos y de las cartas de Cuatro. A mi amigo lógicamente no le contaría nada; en verdad nunca le había contado casi nada de la casa grande, entonces decidí que le escribiría cuentos, mi imaginación era algo que siempre lo había entusiasmado.

Esa noche me fui a casa de Dios. Se echó a reír al verme parada en la puerta con un maletín y Frida entre las manos.

—¿Estás haciendo una peregrinación?

—¿Podemos quedarnos en tu casa por unos días?

Dios no preguntó nada, como de costumbre. Tomó el maletín, se echó a un lado para permitirme el paso y cerró la puerta a mis espaldas.

—El agua viene un día sí y un día no, no tengo papel sanitario, se pueden freír unas croquetas que tengo ahí hace una semana, para llamar por teléfono hay que guiar el carro porque no gira solo, no hay bombillo en la sala, la casetera tiene el rewind roto, el televisor hay que ponerlo media hora antes para que se caliente, la ducha está rota, hay un cubo verde que se puede usar, ¿qué más?... Puedes dormir en el sofá de la sala, y ahora tengo un trago para ti, creo que te hace falta y de esto sí puedes tomar...

Así fue como empecé a vivir en casa de Dios. Ciertamente las condiciones no eran las mejores, pero Frida y yo estábamos a gusto. Dormíamos juntas en el sofá de la sala, encima de una sábana de dudosa limpieza y tirada como quiera, pero dormíamos con la certeza de no ser despertadas con ningún grito histérico, ni un avance de telenovela. Dios era noctámbulo como yo, así es que no tuvimos problemas en acomodarnos. Algunas noches nos íbamos al cine; en la cinemateca ponían todos los días una película distinta, y esto me gustaba, porque de vez en cuando Dios tropezaba con algún conocido y nos íbamos por ahí a beber y conversar cosas interesantes toda la noche. Regresábamos bien tarde y yo tenía que traerlo casi a rastras porque mi amigo bebía y bebía, y cuando le ofrecían ron del bueno, entonces bebía mucho más rápido, y luego comenzaba un gran discurso en cualquier idioma. Era divertido.

En casa yo no hacía casi nada. La mañana y parte de la tarde la pasaba durmiendo. Luego me despertaba y lo encontraba a él leyendo tirado en el piso del cuartico de tertulias. A decir verdad dormía muy poco, y comía casi nada; era una vecina quien le hacía las compras en la bodega a cambio de cualquier cosa cada mes, y Dios se olvidaba de todo, se desentendía de todo. Pasaba el día tomando café y bebiendo un preparado hecho con alcohol que conseguía un amigo. A veces, cuando me veía aparecer en la puerta con cara de sueño aún, empezaba a recitarme poemas en francés. Yo me echaba a reír, él agregaba que la poesía no admite traducciones, y continuaba con Paul, su poeta preferido, y un poco de Baudelaire que yo no conocía en lengua original.

Con Mamá hablaba casi todos los días. La abuela estaba repuesta. La tía se negaba a ir al psiquiatra y Papá había vuelto a irse a dormir para la sala. En verdad Mamá me daba un poco de pena, pero también había mentido, como todos. Yo no quería que supiera dónde me encontraba, porque de seguro iría a buscarme; entonces le preguntaba por la familia argentina y ella se alegraba contándome de la última carta y la promesa de su hermana de venir pronto a visitarla.

El Poeta me había estado llamando a casa con frecuencia, pero al notar mi silencio dejó de hacerlo y eso estaba bien. De Cuatro no había noticias nuevas.

Yo seguía en mi escondite. Asistiendo con Dios a las tertulias de la UNEAC, donde todos se emborrachaban como bestias. Andando a peñas de una Habana a fines de los ochenta, con trovadores jóvenes preguntándose el porqué de demasiadas cosas en las que a mí no me interesaba pensar, hablando ya de perestroika y glásnost, pero para mí éstas eran simplemente palabras rusas y el ruso nunca había sido mi lenguaje preferido, a pesar de las canciones de Papá. Otros días prefería quedarme en casa, simplemente, intentando leer poesía en francés y desistiendo vencida para entrar en otros nombres, tantos nombres que salían de los libreros de Dios, llenos de polvos y telas de arañas y de secretos.

Un día me encontré con el Poeta. Estábamos esperando el comienzo de un concierto y Dios conversaba con un amigo. Un tipo de pelo largo unos años mayor que yo, que hacía el cuento de una borrachera fantástica la noche anterior. A mí me pareció que la borrachera todavía no se le había pasado porque el tipo reía con cara de loco y sacaba la caneca que escondía en su chaleco para brindarnos a Dios y a mí. Bebí de su trago y me miró fijamente preguntando si yo era la novia de su amigo.

Dios me pasó el brazo por encima y agregó que yo era su «musa». Sonreímos todos y me aparté, porque en verdad la borrachera del tipo no era algo que me interesara demasiado. Di la vuelta disimuladamente para dejarlos a los dos compartiendo la caneca y entonces tropecé con la mirada del Poeta que me observaba a unos pasos. Él se quedó estático y no supo qué hacer cuando me vio acercarme.

—Hola.

—Mira que te he llamado, flaca, ¿cómo estás?, tú nunca estás en casa, ¿cómo te sientes?, te veo más flaquita, yo necesito hablar contigo.

El Poeta se veía nervioso. Sonreí y dije que estaba bien y que sí, a veces no estaba en casa, pero que estaba muy bien, que no se preocupara.

—¿Has sabido algo de Cuatro?

Él hizo una mueca con los labios, sospechando que mi pregunta era el fin de la conversación. Dijo que había llamado a su casa y la madre tenía cartas para mí.

—Gracias, Poeta; hoy mismo iré a buscar las cartas de mi amigo; chao.

Me alejé para reunirme con Dios y su acompañante borracho, sabiendo que a mis espaldas la mirada del Poeta me seguía. Esa noche, después del concierto, nos fuimos con el amigo de Dios para una fiesta en casa de unos conocidos. Estuvimos toda la noche bebiendo y conversando, un montón de gente y el amigo, que luego supe le decían el «Merca», resultó ser divertidísimo, no sé si sería el ron, pero pasé casi todo el tiempo riendo de sus chistes de borrachos y maricones, mientras Dios andaba en otra parte, hasta que en un momento se acercó muy serio y dijo que debíamos irnos; él estaba cansado. El Merca le dijo que se fuera solo y luego él me acompañaba, pero Dios me miró muy serio preguntando si yo me quería quedar con él. En realidad me daba lo mismo, pero no quise molestar a mi amigo, así es que nos fuimos. Por el camino Dios iba todo el tiempo hablando mal del Merca, yo no sabía por qué y tampoco me importaba demasiado, con la borrachera que traía todo me daba igual. Cuando llegamos a la puerta del edificio, recordé a Cuatro y pedí a Dios que me esperara un instante, porque debía hacer algo. Él intentó decir alguna cosa, pero eché a correr hacia el edificio de enfrente donde vivía mi amigo. No sé cuántas veces toqué hasta que el papá de Cuatro asomó la cabeza un poco molesto. Sonreí saludando y él me miró muy serio y algo confuso.

—¿Tú has visto la hora que es?

Entonces seguramente mi risa resultó muy idiota, él preguntó si me pasaba algo; traté de responder que regresaba al día siguiente por las cartas y eché a correr nuevamente. Dios estaba en la puerta del edificio intentando encontrar la cerradura. Llegué agitada, y del susto que le pegué, la llave cayó al piso. Estuvimos un rato buscándola en la oscuridad hasta que logramos entrar. Con la borrachera y la pena me dio por reírme y sólo conseguí el sueño un rato después de sentir los ronquidos de Dios allá en su cuarto.

A las cuatro de la tarde del otro día, cuando abrí los ojos, lo primero que vi fue el rostro de Mamá. Volví a cerrarlos y los abrí nuevamente y otra vez el rostro de Mamá, preguntando si me sentía bien. Dije que sí y me incorporé. Dios estaba recostado a la pared.

—Tu madre y yo nos conocemos de hace años.

Dijo eso y me acercó un vaso de té. Yo intenté poner cara de sorpresa y agregué que no lo sabía. Bebí el té y Mamá me extendió la carta de Cuatro. Sonreí. Frida se subió encima de mi cuerpo, la acaricié y le dije en alta voz que era mejor regresar a nuestro cuartico de la casa grande. Mamá sonrió sin decir nada. Cuando nos fuimos tomé el libro que estaba leyendo y dije a Dios que lo llamaría más tarde. Él me besó en la frente, besó a Mamá y nos fuimos. Unas cuadras antes de casa, Mamá se detuvo.

—Decime nena, por favor, ¿qué hay entre ustedes?

—Amistad, mami; es un gran tipo, ¿sabes?, un buen amigo.

Mamá suspiró pasándome el brazo por encima de los hombros y dijo que sí, en verdad yo era más inteligente que ella. A él era mejor tenerlo como amigo; aunque un tiempo ella quiso hacérmelo padre, era mejor tenerlo como un buen amigo. Así fue como dejé de vivir en la casa de Dios.

Mundos paralelos

—Soy un mierda, lo sé, toda mi vida he sido un mierda... He cometido demasiados errores y el primero fue hacerme militar; yo no quería, no me gustaba, pero era el llamado de la patria y había que hacerlo; tú no lo entiendes, eran otros tiempos, ¿crees que no me duele eso de haber perdido a mi hermano porque se fue a los Estados Unidos?, ¿o tu tía sufriendo por aquel hombre?, ¿o el problema de tu tío?, ¿y las diferencias entre tu madre y mi madre?, ¿o que los que eran mis amigos ya no lo son porque yo caí en desgracia?...

Papá continuó hablando mientras yo me esmeraba en arrancarme con los dientes los pellejitos alrededor de las uñas. Cuando consideré terminada mi tarea, subí los pies encima del asiento del carro, tomé la botella que había entre sus manos, me di un trago, lo miré y pedí un cigarro. Él abrió los ojos, sacó la cajetilla del bolsillo y me la extendió sin decir nada. Encendí el cigarro y aspiré una bocanada profunda.

—Yo también fumo, no te lo había dicho, pero bueno, nunca se debe decir toda la verdad, ¿no es así?

Sonreí. Él suspiró, encendió otro cigarro y se dio un trago, agregando que intentaba decirme toda la verdad.

Era por eso que habíamos salido esa tarde, porque él necesitaba hablar conmigo, necesitaba que yo supiera y entendiera. No quería ser mal valorado por su hija, no quería perderme, ni que yo lo odiara. Esa tarde mi padre no quería muchas cosas, pero lo que su hija no quería era seguir escuchando argumentos cuando ya era demasiado tarde. No quería verlo con su cara triste justificando la vergüenza en Angola. La guerra te da la oportunidad de ser héroe o cobarde en un minuto, apenas un minuto puede definir toda la vida, la medalla o la vergüenza. Pero a mí no me importaba y eso a mi padre no podría decírselo nunca. Que lo prefería cobarde vivo, a héroe muerto. No quería su nombre en una secundaria y tener que tirarle besitos a la foto del mártir de la Revolución. Lo que hubiera querido, y eso tampoco podría decírselo nunca, era no haber tenido que tirarle besitos a la foto del vivo ausente que siempre fue. Pero para hablar de eso también era demasiado tarde, así es que opté por darme un trago, tomar otro cigarro y sonreírle.

—Bueno, Papá, en realidad el uniforme nunca te quedó bien; ahora deberías afeitarte, engordar un poquito y lavar el carro que está bien sucio, y hablando de carro, necesito que me lleves a casa de un amigo para que me preste su gato porque Frida está necesitando compañía masculina.

Papá sonrió y me revolvió el pelo. Imagino que se habrá sentido feliz porque ya no debía continuar explicando nada, porque yo nunca preguntaba nada y eso era muy bueno para alguien que como él no hablaba demasiado. No sé si se habrá sentido comprendido o perdonado como quería y tampoco sé si en el fondo le importaba demasiado. Pero la conversación se daba por concluida con resultados exitosos. Mi padre se dio un trago y preguntó dónde vivía mi amigo.

Mi amigo era el Merca, que aún no era mi amigo, pero la noche que nos conocimos habíamos estado hablando de gatos y él podía prestarme su siamés para satisfacer las urgencias sexuales de Frida. Papá me esperó en el carro. Yo entré por el pasillo hasta encontrar el cuarto donde había dicho que vivía. Toqué varias veces y a punto de irme la puerta se abrió. Era una muchacha con cara de quien acaba de levantarse, descalza y con una camiseta vieja puesta al revés. Pregunté y ella de no muy buen humor respondió que el Merca dormía.

—Cuando se despierte le dices que vino la muchacha a buscar el gato.

—¿Gato?, ¿qué gato? —preguntó siguiendo su mal humor.

—El gato del Merca…, para mi gata… Yo tengo una siamesa.

Ella me miró de arriba abajo haciendo una mueca.

—¿Gato?, mira, lo que el Merca tiene es un perro; un tremendo perro vuele que no hay quien se lo quite, así que mejor te olvidas de la historia del gato; chao.

Me cerró la puerta en las narices y no tuve otra opción que dar media vuelta y largarme, sin querer mirarle la cara a las dos viejas que escogían arroz sentadas en el pasillo. Conclusión: el tal Merca era un idiota y ya me las arreglaría yo para encontrarle pareja a Frida, aunque no fuera un siamés.

Papá quiso solidarizarse con mi preocupación y un tiempo después llegó a casa con un gato negro diciendo que un amigo se lo había prestado. Yo observé al gato, observé a Papá y pensé en el abuelo, no sé por qué. Sospeché que la cría de Frida sufriría mixturas similares a las mías y eso me gustó. A Frida no pareció importarle demasiado y mucho menos al gato, que lo primero que hizo fue meterse de cabeza en el plato de comida, dando muestras de su dudosa procedencia.

En casa volví a convertirme como cuando niña en mensajera de mis padres, porque Mamá estaba resuelta a no hablarle nunca más a su futuro ex esposo. La tía finalmente accedió a atenderse con el psiquiatra, luego de largas conversaciones con mi madre. La abuela empezó a hablar mal de todos sus hijos, la loca, el maricón y el guardia, y entonces sólo se le escuchaba hablar maravillas del hijo mayor, el único que servía, el que de verdad la había querido y nunca, nunca la había hecho sufrir como los otros.

Yo decidí que mi vida debía tomar algún rumbo. Estaba convencida de que mis poemas no pasarían de ser garabatos en hojas amarillas y entonces determiné estudiar francés para poder disfrutar verdaderamente a los franceses. Comencé con un curso grabado que me regaló Dios, y ya luego me matricularía en la escuela.

Por aquel tiempo las cartas de Cuatro empezaron a ser un tanto diferentes. Ya no hablaba de la belleza de Europa, ni los castillos de Praga. Cuatro contaba de una Europa mutante, de artículos en los periódicos, diferencias de opiniones incluso entre los estudiantes en la residencia de la universidad. De repente sus cartas se volvieron un discurso que mediaba entre el asombro, la duda y la amenaza de que un cambio en la Europa del Este podría llegar hasta nosotros. Pero nosotros seguíamos siendo una isla feliz, cargada de jugos búlgaros, y vodka soviética y vinos húngaros, y enlatados y cositas ricas, y en realidad yo ya tenía bastantes problemas como para ponerme a pensar en las disquisiciones políticas y filosóficas de mi amigo de la infancia.

Yo seguía a mi aire. Pasaba casi todo el día en mi cuarto, durmiendo, leyendo, escribiendo cuentos para las próximas cartas de Cuatro, dando los primeros pasos en el «bonjour, je veux parler français, au revoir», o llenando cuartillas y cuartillas de monólogos interiores que jamás me atrevería a mostrar a nadie.

Dios seguía siendo mi única visita probable en las noches. Una vez estando en su casa, tocaron a la puerta. Me quedé en el cuartico de tertulias y al momento apareció él seguido de su amigo el Merca. El idiota se alegró al verme, dijo que justamente venía a preguntar por mí y empezó un intento de excusa, que la muchacha aquella era una comemierda que había dormido en su casa ese día, y luego no le había hablado de mi visita hasta la noche anterior que se encontraron por casualidad en la calle. A esa altura del tiempo ni a Frida ni a mí nos importaban ni el Merca ni su supuesto gato, pero la gente tiene la costumbre de justificarlo todo. El Merca se sentó junto a mí, pidiéndole de beber a Dios y empezó a hacer un cuento absurdo del gato siamés, fugado de casa y desaparecido. Me maravillaba su capacidad de construir historias y hasta me daba gracia. Dios sirvió para los tres y del gato pasamos a otra cosa y así estuvimos casi toda la noche conversando. Al final el Merca no era tan idiota, era más bien divertido, así es que le dejé mi teléfono por si encontraba al gato. Además, me interesó mucho eso que contaba de irse de vacaciones a la Isla de la Juventud, como viaje resultaba interesante. Casi a las diez de la noche nos invitó a Dios y a mí a una fiesta. Mi amigo dijo que no tenía ganas y me miró. Yo rechacé la propuesta.

Cuando el Merca se fue, Dios se sentó a beber sin decir nada. Me recosté a la puerta y pregunté por qué le molestaba la presencia del muchacho.

—¿El Merca?, no me molesta; es en realidad una de las pocas personas que de veras me quiere.

Preferí no preguntar nada más. Si algo de bueno tenía mi relación con Dios era que hablábamos de todo sin hablar de nosotros mismos. Eso estaba bien. Me fui al baño y al regresar pidió que le alcanzara un libro en el estante de arriba. Subí en una silla y estiré mi cuerpo, cuando di media vuelta con el libro en las manos, Dios miraba mi cuerpo extrañamente.

—¿Por qué siempre andas en pantalones?

Su pregunta me dio gracia, y entonces bajé de la silla diciendo que lo hacía porque era marimacho y me eché a reír. Mi amigo no cambió su rostro, encendió un cigarro, volvió a mirarme y canturreó una canción de Silvio.

—«Si fuera diez años más joven, qué feliz...» —lo miré sin querer entender, él bebió de su trago y continuó hablando—; mi musa preferida, la más perfecta, la que se oculta, que juega a ser niña y hasta se disfraza, te voy a amar aunque sea viejo, aunque esté apagado, aunque ya sea cenizas seguiré amando tus ojos, tu cuerpo de cristal, tu primavera... ¿Cuántos hombres te han amado?

Me recosté a la puerta cruzando los brazos y sonreí.

—Ninguno, porque uso pantalones... —Dios sonrió con mi broma y luego nos quedamos serios—. No sé si alguien me ha amado y tampoco me importa, yo no amo a nadie... Amo tu amistad y amo no tener nunca que prescindir de ella...

Dios sonrió agregando que lo que más le gustaba en la vida era admirar la belleza, y que había bellezas que se hacían imprescindibles, fijó la vista en mis ojos y yo mantuve su mirada unos minutos. Luego se levantó arrastrando los pies hacia la grabadora.

—Y pensar que conocí a tu madre cuando eras una niña..., ¿escuchamos algo bello?

Esa noche regresé a casa casi a la una de la mañana. Entré sigilosa para no despertar a Papá que dormía en la sala. Él había empezado a trabajar hacía unos días como mecánico en un taller de televisores y se despertaba muy temprano. En mi cuarto, encendí velas para no estar completamente iluminada. Me paré frente al espejo y comencé a desnudarme. Yo odiaba mi cuerpo, lo seguía odiando. A medida que mi carne se iba descubriendo en el espejo sentía que me estremecía, una percepción de rechazo, algo confuso. No quería ser yo y ¿qué querían ellos? ¿Qué había amado Cuatro? ¿Qué pretendía el Poeta? ¿Qué soñaba Dios? No lo sabía. Yo no sentía nada, o muchas cosas a la vez pero nada en mi carne, nada en mi piel. Me molestaba la imagen del espejo. Me molestaba que Dios me deseara aunque esto lo hiciera vulnerable y por tanto ventajoso para mí. Pero ventajas ¿para qué?, si yo no quería nada. De nadie quería nada y al final todos pretendían alguna cosa. En esos momentos me preguntaba si todo este universo creado por Dios no era más que un artificio, un juego de reflejos y de trampas; no lo sabía. Cuatro había soportado mi amistad por muchos años y hasta el último momento no dejó de hacerme la pregunta. El Poeta había aceptado su primer intento fallido y luego esperó mi momento vulnerable. Dios era mi amigo y al final, quizás hubiera preferido otra cosa, no lo sé. De repente me molestó su discurso. Al final todos esperan algo. De cualquier cosa, algo. De cualquier gente, algo. Eso no me pareció bien. Entonces decidí hacer el experimento de lo que en ese momento llamé la «Prescindibilidad del ser» o «Mundos paralelos». Yo, en verdad ya había experimentado esto de los otros hacia mí; sólo quería demostrarlo de mí hacia los otros.

Al día siguiente me levanté temprano, fui al mercadito y me pertreché de enlatados, jugos y rones baratos. Llegué a casa y le informé a Mamá que me iba de campismo con unos amigos, era un tiempo en que el campismo popular estaba de moda y había montones de bases en todas las playas. Mamá quiso poner el grito en el cielo, pero la interrumpí agregando que eran buenos muchachos, todos de la universidad, amiguitos del pre, y sólo sería una semana. Mamá bajó el grito del cielo y sin colocarlo en la tierra me cargó de consejos, precauciones y algo de dinero. La escuché aceptándolo todo. Casi a las cuatro de la tarde cerré mi puerta con llave y dije «chao». Pasé el día dando vueltas, leyendo en los parques y terminando la jornada en la tanda de las doce de la noche del cine Yara. Casi a las dos de la mañana regresé a casa, cuidando de no hacer ruido. Papá roncaba y yo atravesé la cocina sigilosamente. Frida por fortuna no notó mi llegada. Ya para ese entonces el gato negro había cumplido su objetivo y Papá lo había devuelto a su supuesta casa, que Mamá y yo sospechábamos sería la pescadería más cercana. Frida dormía como nunca en un butacón de la sala, así es que entré a mi cuarto y cerré con llave la puerta.

Permanecí una semana encerrada en mi cuarto. De noche intentaba dormir porque no podía encender ninguna luz y era cuando aprovechaba también para comer evitando así los ruidos diurnos. Los días los pasaba allá adentro, con la ventana cerrada, leyendo gracias al resplandor que llegaba de afuera y sintiendo las voces en la sala y la cocina. La respiración de la casa grande que en nada cambiaba con mi ausencia. Mi abuela revolviendo calderos mientras murmuraba injurias a sus hijos. Mi madre revolviendo calderos, después de la abuela, mientras tarareaba tangos del último casete enviado por su hermana. Mi padre anunciando en alta voz que había cobrado un trabajo y dejaría dinero encima de la mesa para que mi madre pudiera tomarlo sin dirigirle la palabra. Frida fue quien me asustó un poco. El ser humano es el único animal que se puede engañar fácilmente. La gata merodeaba alrededor de mi puerta sintiendo mi presencia, pero Mamá la tomaba comentando que me extrañaba y cosas por el estilo. Yo sentía cierta tristeza, pero nada podía hacer. Tengo que confesar que lo más difícil de esa semana fue orinar. A veces me moría de ganas pero no podía ir al baño de mi cuarto porque había alguien en la cocina y sentiría el ruido. Entonces debía esperar, pero yo ya estaba entrenada a vivir en el silencio, como el fantasma de la casa grande, así es que resistí todas las pruebas.

Una semana más tarde, justo a la hora de la película del viernes, abrí mi puerta y aparecí en la sala. Por fortuna la abuela estaba durmiendo delante del televisor, así es que me libré del patatús. La que metió un tremendo brinco fue Mamá y Papá levantó la cabeza con los ojos abiertos.

—¿Cuándo llegaste?

—Nunca me fui, no me gustan los campismos, pero mi cuarto es agradable y ahora voy a bañarme; hace una semana que no veo la ducha.

Di media vuelta y los dos se levantaron para seguirme. Mamá empezó a preguntar y yo intenté explicarles que todos somos prescindibles, nada es absolutamente necesario. Se puede vivir en el mismo espacio y jamás coincidir. Ninguna existencia es determinante de nada. Todo es efímero, circunstancial, pasajero. Estamos de pasada. Nada es eterno y por tanto nada es imprescindible. Da lo mismo tres que dos, y cuando falta uno los demás se arreglan. Da lo mismo verde que azul y cuando es azul se le echa un poco de amarillo. Por tanto hay que aceptar la presencia ajena tal y como es, sin pretender nada, sin esperar nada. Ésa era más o menos la teoría que trataba de explicarles, pero ellos parecieron no entender nada, así es que yo, agotada de tanto silencio, entré al baño, abrí la ducha y me puse a cantar.

Mi Buenos Aires querido

El divorcio de mis padres fue más sencillo aún que su matrimonio. Salieron juntos en la mañana. Cuando regresaron ya era hija de padres divorciados. Mamá entró al cuarto para darme la noticia y no se me ocurrió otra cosa más sincera que darle felicitaciones; entonces fue que recibí la verdadera noticia. Mamá comenzó a hablar y dijo que no era justo que mi padre durmiera en la sala, a fin de cuentas ésa era la casa de su madre. Ella sabía que me gustaba mucho mi cuarto, pero sentía pena de ver a Papá recogiendo cada día las sábanas del sofá. Desterrado del ejército y de su propia casa. Mamá a veces tenía unos arranques de solidaridad que yo no lograba entender mucho, pero el asunto fue que aquel día no pude argumentar demasiadas cosas. Miré a mi gata que dormía con su panza de embarazada, me puse de pie sin mirar a Mamá y comenté:

—Frida, ¿yo te hablé de la «teoría del ordenamiento de las especies»?; todo tiene un orden: tú diriges a tu cría, yo te dirijo a ti, a mí me dirigen ellos, ¿y a ellos quién los dirige?

A Mamá mi comentario no pareció gustarle nada. Me trató de insensible y dijo que estaba harta de mis teorías. Mi padre no continuaría durmiendo en la sala, así es que tuve que comenzar a organizar mi mudada para su cuarto en cuanto salió del que acababa de convertirse en el cuarto de Papá.

La molestia de mi madre verdaderamente no duró muchos días, y es que la tía argentina estaba a punto de venir de vacaciones al reencuentro con su hermana. Todas las noches, en mi nuevo cuarto, ella hacía historias de su infancia, historias que yo ya conocía: el abuelo gruñón y anticomunista, la abuela magnífica cocinera, y la hermanita que era muy pequeña cuando Mamá abandonó Buenos Aires. Mamá se veía muy feliz y eso me parecía bien.

Papá, por su parte, estaba en un proceso regenerativo, o proceso de paz. Un día habló conmigo muy contento por mi buen gesto de cederle el cuarto, y dijo que la vida cambiaría. Estaba resuelto a eliminar todas las diferencias con su hermana, él mismo se encargaría de llevarla al médico. Con su hermano, el «sodomita», así le decía, intentaría hablar, así se pondrían de acuerdo y él podría visitar la casa para ver a la abuela, siempre que Papá no estuviera, claro: tampoco había que exagerar en bondades. Con la abuela haría otro tanto por recuperar su amor. En cuanto a Mamá, él no veía lógico eso de no hablarse, menos ahora que acababan de firmar el divorcio, así es que, según su plan, lograría que poco a poco entre los dos naciera una profunda y sincera amistad. Ésas eran las palabras que mi padre decía mientras yo miraba mi ex cuarto, ya sin los carteles en las paredes, ni la lamparita de noche, ni el rincón de los libros. El cuarto convertido en otra cosa y lejos de seguir siendo mi refugio y entre otras cosas mi escondite para fumar.

La tía argentina llegó en julio. A petición de mi madre hablé con Papá y él nos llevó al aeropuerto. Mamá estaba emocionada y tengo que confesar que yo también lo estaba un poco; eso de encontrarse con la otra parte de la familia me parecía bien. Ellas dos en su larga correspondencia habían intercambiado fotografías, por tanto no había problemas con el reconocimiento en ese mar que se forma a la salida. Mamá caminaba de aquí para allá y en un momento la vi quedarse quieta, se tapó la boca y luego echó a correr hacia la rubia que ya se aproximaba dando gritos de alegría, soltando el carrito de las maletas y besos y abrazos. Mamá llorando. Yo tuve que ir por el carrito y apartarlo del tumulto porque a la tía no parecía importarle nada. En un momento se dio la vuelta y me reconoció.

—¿Vos sos la nena?, ¡qué linda!, ¡qué grande!, pero si sos ya una mujer…

Todo esto lo decía abrazándome mientras Mamá la abrazaba a ella, y ambas se miraban, se tocaban el pelo, reían, era verdaderamente una escena conmovedora y la tía me parecía bien. Con el pelo rubio y bastante revuelto, los ojos muy parecidos a los nuestros, llevaba un jeans, una camisona blanca y algunas cosas colgadas al cuello. La tía tendría unos treinta y dos años y parecía de veinticinco. En el carro, luego de conocer al ex esposo de mi madre, se instalaron ellas dos detrás y fueron hablando todo el tiempo, hablando a la vez, hablando cosas diferentes, hablando una primero y otra después…, en fin, hablando todo el tiempo. Papá nos dejó en el Habana Libre, donde ella pasaría tres días y luego nos iríamos las tres a una casa en la playa resuelta por Mamá no sé cómo, porque ellas querían estar solas para seguir hablando. Verdaderamente con tantos años de no verse tendrían muchas cosas que contarse.

En la habitación del hotel, la tía empezó a abrir paquetes. Traía muchísimas cosas: ropas para mí y para su hermana, perfumes, libros, pero lo que más me gustó realmente fue la música. Yo había enviado una petición por carta y ella trajo casetes de todos: Fito, Charly, Baglietto, montones de cosas que yo ni conocía, y por supuesto tangos para Mamá. Entonces abrió una botella de whisky, y dijo que celebraríamos el reencuentro. Vasos para las tres y cigarritos Marlboros. Mamá dijo que por ser ocasión especial fumaría, pero la nena no fumaba. La tía se echó a reír agregando que la nena era toda una mujer y, si no sabía fumar, aprendería. La nena aceptó rápidamente el cigarro. Después del brindis me fui con la walkman nueva al balcón para dejarlas a ellas tiradas sobre la cama inmersas en sus conversaciones.

Todo el tiempo de la visita argentina fue divertidísimo, e incluso las dos veces que estuvo en casa, antes de irnos a la playa y al regreso, fue genial. En las dos ocasiones se encerró en el cuarto de la otra tía, le tiró las cartas, hizo su mapa astral, le habló mucho y todos estuvieron felices, incluso la abuela. Mi tía argentina era un personaje fantástico. Era soltera y no tenía hijos. A los dieciséis años, su padre —mi otro abuelo— la había enviado a estudiar a París. Ella comenzó sus estudios, pero a los dos años descubrió que su karma no eran las aulas, se enamoró de un egiptólogo inglés y se fueron juntos a El Cairo. Mi abuelo no sabía nada, así es que todos los meses enviaba el dinero que mi tía recibía gracias a un amigo dejado en París. Un tiempo después de haber recorrido pirámides y desiertos, se enteró de que su querido amante inglés era casado, entonces lo abandonó para regresar a la Ciudad Luz, ciudad adonde no llegó, porque en el camino decidió que debería buscarle un rumbo a su vida. Entonces optó por los trenes. Se fue a Madrid y de allí comenzó su viaje de regreso en tren. En uno de esos viajes fue que conoció al siguiente amor, un exiliado chileno radicado en Suecia que la conquistó con sus palabras y la ayudó a encontrar una causa justa para continuar la vida. Mi tía se fue a Suecia a vivir entre chilenos que eran buena gente y hablaban español, sólo que al cabo de tres años descubrió que eso de hacer revoluciones con tanto mar por el medio no era cosa que le interesara demasiado. Recogió sus bultos y regresó a París. En París estuvo mucho tiempo sin hacer nada y casi al borde de lanzarse al Sena, porque, además, no podía regresar a casa sin un título, entonces conoció a Pierre, una joven promesa de las artes plásticas. Con el pintor estuvo a un paso del matrimonio, para tomar la ciudadanía y olvidarse del padre. Infelizmente pasó mucho tiempo sin que la joven promesa diera señales de dejar de ser promesa, y mi tía se cansó de las botellas de vino vacías, los lienzos sin terminar y su dinero perdiéndose. Concluyó que Europa no era su continente después de casi diez años de buscar sin encontrar nada. Pensó irse a Cuba por la hermana, pero esto era algo que molestaría bastante al jefe de familia y de cualquier forma ella era la niña de la casa. Tomó un avión y regresó a Buenos Aires. El abuelo la recibió contento y estuvo a punto de poner una demanda internacional cuando su hija, la menor, contó que había sido violada en un metro de París a unos meses de terminar los estudios. Esto le provocó tal crisis que no pudo continuar la universidad y casi todo el dinero de los últimos tiempos había sido empleado en tratamientos, pero la vergüenza le impedía contar la historia por cartas. Los padres de mi madre se sintieron tan conmovidos con tal fechoría que remitieron a la tía a un psicólogo amigo, de muy buen prestigio. El psicólogo se enamoró de ella, pero ella se enamoró del jardinero de la casa, un brasileño cuyo sueño toda la vida había sido ser cantor de samba. Gracias a los fondos del abuelo y al trauma sufrido en Europa, mi tía se trasladó a Río de Janeiro con su nuevo amor. Aquí pasó alrededor de tres años, adentrándose en un mundo esotérico, hasta que su amor la abandonó por una bailarina de samba. Entonces la tía regresó a su Buenos Aires querido y decidió que encontraría a su hermana que por fortuna no había cambiado de dirección ni teléfono. Todo esto ocurría mientras yo iba creciendo y Mamá cantaba tangos. Ahora la tía tenía treinta y dos años, no hacía nada y tampoco tenía intenciones de hacer nada. Mis abuelos eran viejos, la fortuna de la familia conservaba cifras admirables y ellos comenzaban a sentir cierta nostalgia por la hija mayor.

Mamá reía con las historias de su hermanita, pero imagino que se sentiría bien triste, porque al final ninguna había logrado hacer nada en su vida, sólo que mi madre tenía pocas cosas que contar, y me tenía a mí, por supuesto, como lo más importante.

Cuando la tía argentina se fue, nos dejó a todos fascinados. Sin dudas, yo debía sentirme orgullosa de tener una familia tan carismática por ambas partes. En casa no se hablaba de otra cosa y Mamá me hizo notar lo mucho que miraba Papá por debajo de las gafas las piernas de su hermana. Claro que nadie conocía la verdadera historia, sólo Mamá y yo. Con la tía de casa no sé qué habrá hablado, pero sospecho que las cartas y el horóscopo le vinieron muy bien, porque ella empezó a visitar nuestro cuarto con la justificación de escuchar tangos y se quedaba allí, hablando con Mamá, que volvía a repetir las historias de su infancia y a mostrar todas las fotos, y era tan feliz. Feliz porque sabía que sus padres ya no estaban muy molestos, porque el tiempo pasa y las heridas se curan, y al final yo era la única nieta, la única descendiente de la familia argentina.

El siguiente mes Frida tuvo tres gaticos. Parto normal y descendencia de dudosa clase, como era de esperar. El verdadero problema fue que ella no aceptó la cajita que con tanto amor preparamos en nuestro cuarto. Los gatos son así, una de las pocas especies que es en realidad libre e independiente. Frida quería criar a sus hijos en el cuarto de Papá. Así pasó varios días trasladando a los bebés desde mi cuarto al suyo, hasta que Papá tuvo que aceptar la compañía entre protestas apagadas que yo me negaba a escuchar.

En noviembre de ese año se cayó el muro de Berlín. Se cayó, no: lo tumbaron. Yo regresaba de casa de Dios y entré corriendo para saludar a la nueva familia, entonces encontré a mis padres hablando en la cocina. Una escena verdaderamente sorprendente, así es que decidí incluirme. Papá se veía muy preocupado.

—Tanta perestroika y tantas libertades: la anarquía, eso es lo único que trae, el desorden, las masas exaltadas, la cacería de brujas, tú vas a ver lo que se va a desatar, y el otro, ese Gorbachov es agente de la CIA.

Papá estaba verdaderamente muy preocupado y Mamá también, y a mí, no era que la noticia me hiciera mucha gracia. Me parecía bien que el mundo cambiara un poco, que se reorganizaran ciertas cosas, eso es dialéctica y la dialéctica me la enseñaron en la escuela, pero Papá se veía demasiado preocupado.

—Esto se va a poner malo, usted va a ver, van a empezar a faltar las cosas y se va a poner muy malo. Cuando las cartas están alineadas, tumbas una y todas las demás se van cayendo solas.

Esta frase me gustó y por eso la recordaré por siempre. Creo que ha sido una de las mejores frases de mi padre, que casi nunca hablaba pero cuando lo hacía era bien concreto. Yo en lo primero que pensé fue en Cuatro: él estaba cerca del desastre y su correspondencia no era nada prometedora en los últimos tiempos.

Unos días después estábamos frente al televisor viendo la llegada de los primeros cadáveres de Angola. Mi padre fumaba y yo trataba de seguirlo con el rabillo del ojo sin comentar nada. Angola ya era historia, era un acuerdo firmado de fin de guerra, retorno de los muertos, despedidas y medallas, pero también era el fin de mi padre en demasiadas cosas. Eso yo lo sabía aunque me seguía pareciendo mejor verlo sentado junto a mí que mirarlo por la televisión con una bandera cubana sobre el ataúd. Papá se levantó suspirando y caminó hacia su cuarto.

—Tantos años y al final… demasiados muertos…

Fue lo único que dijo y no me atreví a agregar nada. Por aquellos días el país estaba en duelo y casi todos hablaban de lo mismo. La casa de Dios era el único sitio libre de políticas, pero en cada concierto a que asistíamos, en todas las reuniones el ambiente estaba revuelto de opiniones diversas. Era la fiebre angolana. Casi todas las canciones y la literatura de los más jóvenes hablaban sobre Angola. Sobre amigos que se fueron y regresaron mártires. Sobre la incertidumbre frente a la nueva década. Yo no tenía nada que escribir. Mis poemas y mis monólogos internos se referían a cosas que no interesaban a nadie. Sólo Dios era mi escucha. Él seguía recomendándome lecturas e incitándome en su búsqueda eterna hacia una belleza que debía existir, lejos de los fenómenos sociales, lejos de las circunstancias y de la oportunidad que puede brindar un hecho simplemente.

Por aquellos tiempos mi relación con el Merca empezó a ser un proyecto de amistad. Él era uno de esos tantos personajes que no hace nada y entonces se nombra «productor». Ser productor consistía en conocer a casi todo el mundo, los trovadores, poetas, algunos pintores y andar metido en la organización de casi todos los conciertos, así ir a todas las fiestas y pasarla muy bien. Gracias a sus infinitas amistades fue que pude regalar a los tres bebés de Frida, que al principio se sintió muy triste, pero luego se acostumbró. Con el Merca me encontraba en todos los sitios que iba con Dios. No me interesaba conocer a nadie, pero me gustaba estar allí para observarlos. Siempre tuve esa maldita obsesión de ser observadora de los otros. Mirar cómo se mueven y conversan. Saber establecer las diferencias entre una postura estudiada y un movimiento natural. Era un estudio interesante. Y como el Merca era un tipo divertido, estar donde él estuviera significaba pasarla bien. Yo la pasaba bien y luego me encargaba de devolver a Dios a casa todo borracho y recitando poemas en el francés que ya podía entender un poco gracias a mi curso independiente y a la escuela que había comenzado en septiembre.

El día que el Merca me invitó a irnos a la Isla de vacaciones, o de guerrilla, como solíamos llamarle, no lo pensé dos veces y dije que sí. Dios me miró de mala gana agregando que yo estaba loca, eso de irme por ahí con gente que ni conocía bien le parecía una locura que él no compartiría. Por más que insistí, agregó que estaba viejo para andar por ahí durmiendo a la intemperie como un muerto de hambre. Ya para esos momentos había aceptado mi amistad con el Merca sin molestarse demasiado, pero de acompañarnos nada. Me dio un amuleto para colgar al cuello y me deseó buena suerte. Pensé que si la tía argentina había pasado su vida de aquí para allá buscando historias, yo podría hacer lo mismo aunque mi territorio fuera más limitado.

A Papá y Mamá la noticia realmente no los entusiasmó demasiado. Yo sonreí diciendo que la Isla era territorio nacional, mi madre a los dieciséis años había venido a Cuba, mi tía a los dieciséis se había ido a París, así es que volví a sonreír y pedí a Papá una de sus mochilas de campaña.

Algo de fango y un beso

Cuando llegué a la terminal de 26 me sorprendí de ver al Merca solo. Pregunté por los demás y muy deprisa me tomó de la mano para montarnos en un camión que iba a Batabanó porque en la terminal no había pasajes. Por el camino hizo una de sus historias: que los amigos estaban en exámenes y ninguno había querido ir, cosas así que me hicieron sospechar que él lo había inventado todo para irnos solos. Ya para ese entonces el Merca me caía demasiado bien como para molestarme.

En Batabanó encontramos una multitud tratando de conseguir pasaje para el barco. Era febrero y en la Isla hacían el Festival de la Toronja, así es que mucha gente quería viajar. La aventura empezó antes de lo que yo imaginaba, porque por más que mi compañero intentó, ni con sobornos pudo conseguir que alguien le vendiera dos pasajes. Entonces tuvimos que pasar la noche allí y fue genial, la pasamos tirados en el piso esperando la mañana. El Merca llevaba una botella de ron y estuvimos casi todo el tiempo conversando. Sin dudas era un tipo entretenido porque tenía muchas historias que contar. La mañana nos sorprendió con frío y con el estómago lleno de alcohol y dos panes que había preparado mi madre para mí, pero tuvimos suerte porque pudimos irnos en el primer barco. Viajar en barco era una experiencia nueva, me sentía excitada. Casi seis horas viendo el mar y al Merca que dormitaba tirado en el piso de cubierta. Yo imaginaba que andaba en uno de esos trasatlánticos que se ven en las películas, viajaba huyendo de la guerra, o cualquier cosa interesante, por eso me gustó. Llegar a la Isla fue caminar por las calles con la mochila al hombro en busca de los amigos que tenía mi amigo. Ya lo dije antes, el Merca conocía a casi todo el mundo.

Pasamos tres días divertidos. Toda la madrugada emborrachándonos y fumando mariguana con los amigos del Merca. Dormíamos de día en casa de cualquiera y las tardes las dedicábamos a hacer gestiones para conseguir el permiso de viaje al sur, zona vedada; territorio de reserva natural. Finalmente conseguimos un permiso por dos días para estar en Playa Larga. Los amigos del Merca la pasaban muy bien y no querían sufrir con los mosquitos del sur, así es que sólo dos aceptaron unirse a la aventura.

Salimos a las cuatro y pico de Nueva Gerona en una guagua rumbo a Cocodrilo, el único pueblo que hay al sur. Pasamos el puesto de guardafronteras y una hora después el chofer nos dejó en un entronque. Dijo que debíamos caminar siete kilómetros hasta la playa, arrancó el motor y se marchó. El Merca estaba un poco molesto porque no había podido conseguir el permiso para el pueblo y decía que en aquella playa no había nada, solamente eso: playa. A mí me parecía bien y a los otros dos ni sé qué decir porque venían tan borrachos que todo les daba lo mismo. Yo me sentía tan libre y tan feliz que salí andando sola, agarré mi mochila y mi cantimplora y comencé la marcha. Por el camino nos sorprendió una lluvia de esas de «no hay remedio»: tienes que seguir porque no hay donde meterse y yo seguía pensando en mi tía, la argentina, viajando en un tren por Europa, sin saber qué hay al final, pero viajando. Al final lo que encontré fue una playa, con una casa deshabitada, casi sin techo, y junto a ella una antigua torre de guardafronteras. Me pareció fantástico, aunque los mosquitos que picaban parecían elefantes con lanzas, pero ya de esto me habían advertido, así es que solté mis cosas, me embadurné de repelé y me envolví la cabeza en una toalla. El Merca llegó un rato después, sorprendido por mi resistencia y aún más molesto por la lluvia y porque los amigos que nos acompañaban eran unos imbéciles que se habían bebido una botella completa durante la caminata y se habían caído en todos los huecos del camino. Los imbéciles llegaron más tarde, protestando por los mosquitos y porque la noche había caído y en aquel lugar no había nada, pero esa nada era la que me gustaba. Era algo parecido a la libertad. La libertad para mí era un sitio sin barreras y sin leyes, pero estamos tan acostumbrados a las leyes que cuando no existen nos sentimos desnudos. Yo me senté encima de una piedra y comencé a escribir hasta que de repente sentí la voz del Merca injuriando a todos los dioses y casi a punto de caerle a piñazos a uno de los otros. Conclusión: en el bolsillo trasero del pantalón de aquel que se tambaleaba viajaba la yerba, que el Merca había conseguido. Su amigo borracho había caído al piso montones de veces, el paquete se había roto y toda la yerba descansaba mojada pegada al bolsillo, hecha una porquería que al Merca evidentemente no le gustó. Gritó dos o tres malas palabras y se largó a caminar por la playa. Yo me quedé sentada viéndolo alejarse y observando cómo los otros trataban de recuperar lo que quedaba en el bolsillo. La gente suele aferrarse a cualquier cosa, eso me parecía gracioso, pero no me importaba demasiado. Así es que me eché una sábana por encima y seguí escribiendo.

Unas horas después ya los otros habían organizado un medio campamento en la casa abandonada, pero por más que buscaron no había palos secos para hacer el fuego, así es que tendieron la yerba que trataban de secar al calor de dos velas. El ambiente no parecía ser muy amistoso y el Merca no regresaba. Tomé una lata de span y decidí ir a buscarlo. Caminé por la orilla envuelta en mi toalla y maldiciendo un poco los mosquitos. Me gustó caminar, sentirme lejos de casi todo, la ciudad, las noticias, la gente. Casi del otro lado vi los restos de lo que alguna vez fue un barco. Allí estaba el Merca, por supuesto. Me senté frente a él y le brindé la lata que abrió con su cuchillo. Con el mismo cuchillo comimos los dos. Entonces me brindó ron de la caneca que tenía y empezó su discurso de disculpas. A mí las disculpas siempre me han resultado tan aburridas que puse el cuchillo encima de sus labios para que se callara.

—¿Por qué me invitaste a venir contigo? —él apartó el cuchillo y sonrió.

—¿Por qué aceptaste venir?

—¿Por qué te dicen el «Merca»?

—¿Por qué tienes los ojos tan bonitos?

Lo de los ojos bonitos yo ya lo sabía, así es que sonreí y volví a beber. Él dijo que Dios le había pedido que me cuidara. Dios era su amigo y una de las pocas personas que él respetaba, era por eso que me respetaba a mí.

—Todo el mundo dice que soy un cabeza loca y es verdad, soy un cabeza loca, borracho, drogadicto y mujeriego, pero...

Lo interrumpí enterrando el cuchillo en el fango que se acumulaba alrededor y preguntando qué coño tenía que ver Dios, esa noche, en ese lugar, entre él y yo, qué coño tenía que ver nuestro amigo. Y parece que lo miré bastante molesta, porque él sonrió quitándose con una mano el fango que le había salpicado.

—Ahora pareces una gata, eso, eres una gata... Él no tiene nada que ver, sólo me pidió que te cuidara...

Pensé decirle que sabía cuidarme sola, pero me pareció muy torpe, entonces no dije nada. Estaba molesta, realmente muy molesta, y para calmarme comencé a jugar con el fango en el filo del cuchillo. Hundía mi dedo en el fango y lo pasaba dulcemente, mientras él me miraba. Cuando la hoja estuvo bien embarrada, la pasé delicadamente por cada una de sus mejillas. Él permaneció inmóvil, pero yo no quería cortarlo, simplemente limpiaba su cuchillo. El Merca me gustaba. Sonrió, me quitó la daga de las manos, terminó de limpiarla y la colocó en su funda, entonces se aproximó un poco. Yo acerqué mis dedos a sus mejillas y comencé a extender el fango hacia su cuello. El Merca me gustaba. Sólo que yo tenía esa maldita costumbre de jugar, como los gatos, jugar. Tomé otro poco de fango y dibujé una boca sobre su boca, dos cejas sobre sus cejas, una nariz sobre su nariz. A él le gustaba el juego y a mí me picaban los mosquitos, así es que terminé el diseño dejando una huella de fango de mis cuatro dedos sobre cada una de sus mejillas y me levanté.

—Tú que te preocupas tanto por cuidar a los otros, anda a averiguar ahora quién se va a ocupar de ti con tanta mierda en la cara.

Me fui rápido previendo que su reacción sería tardía. Efectivamente, cuando el Merca regresó a la casa había demorado tanto que nos encontró a los tres medio borrachos, envueltos en el mismo mosquitero y cantando a la luz de una vela. Entró sin decir nada, tomó lo que se pudo salvar de la yerba y se fue a dormir a la vieja torre de guardafronteras.

Pasamos dos días en Playa Larga, bañándonos en el mar, tomando el sol y emborrachándonos en la noche para soportar a los mosquitos. Sé que su cara seria no era por mí, sino por la yerba perdida y por eso no me preocupaba demasiado. El Merca me gustaba. En el barco de regreso a La Habana venía más animado, hablando todo el tiempo. Yo me sentía muy bien después de aquellos seis días lejos de cualquier cosa. Cuando nos despedimos en la puerta del edificio, dije que cualquier día pasaría por su casa para buscar el gato. Él sonrió.

—Sabes que nunca he tenido gatos.

Nos miramos y entonces me abrazó bruscamente dándome un beso en medio de la calle. Me sorprendí un poco, pero luego cedí porque era bueno. Sí, definitivamente el Merca me gustaba demasiado.

—Pasa por mi casa cuando te dé la gana…

Se fue y yo regresé a casa, donde Mamá se alegró mucho de verme y se sorprendió por todas las picadas de mosquitos que traía y fue conmigo al cuarto para que le contara de mi viaje y contarme las novedades de la semana, que si la Unión Soviética, que si Gorbachov, pero a mí nada de eso me importaba, no me importaba nada. Frida estaba bien y en casa no había ocurrido ningún desastre, salvo que la tía argentina había telefoneado. Telefonear no era un desastre y en realidad no había ocurrido nada. Mamá contó que la tía había conocido a un argentino descendiente de alemanes y casi estuvieron a punto de irse juntos a Berlín para conocer la ciudad sin muro. Pero como la cosa por allá no estaba nada buena, finalmente la tía había desistido y el otro se marchó solo. Para Mamá era una fortuna que su hermana hubiese desistido, sólo que a mí en esos momentos de veras no me importaba nada. Me sentía libre y eso estaba muy bien.

Esa noche escribí un cuento para enviarlo en la próxima carta de Cuatro. La semana siguiente fui a su casa y encontré a la madre más que preocupada. Cuatro no se sentía bien. En la universidad, el ambiente había cambiado progresivamente y mi amigo sospechaba que si las cosas continuaban así, su Física Nuclear se iría a la mierda. Entonces preferí no enviarle nada, mejor guardar mis cuentos para cuando viniera de vacaciones o no mostrárselos nunca, yo qué sé. Le escribí una nota que la madre incluyó en su carta y nada más. Ni siquiera le hablé del Merca, ¿qué podía importarle a Cuatro un tipo que ni siquiera conocía y que hacía todo lo que él siempre criticaba? No, como con Dios, era mejor no hablar desde el principio. Se narran los hechos, no lo que está por suceder. Hasta ese momento lo único que había era algo de fango y un beso, sólo eso, nada especial, salvo que definitivamente el Merca me gustaba.

Tengo que confesarte una cosa

—Tengo que confesarte una cosa, gata: mi gran problema es la sensibilidad... Cuando te fuiste, empecé a pasarme las manos por la cara, yo ya estaba excitado, ya te dije, soy muy sensible..., y entonces tuve que masturbarme... Luego no pude más con los mosquitos, y te odié porque me vi metido en ese barco viejo, todo embarrado de fango y otras cosas, hecho una mierda y con los jodidos mosquitos arriba de mí.

Me eché a reír imaginando la escena, y reí mucho intentando esconder mi nerviosismo. Yo sabía qué venía después de la confesión. Lo sabía porque para eso estaba allí hacía como dos horas conversando y bebiendo con el Merca en su cuartico todo regado y medio oscuro. Entonces él siguió hablando, elogiando mis ojos, diciendo que yo siempre le había parecido inaccesible, alguien que se mira y se deja pasar esperando el «algún día», mientras sigue pasando el tiempo. El tiempo seguía pasando, el Merca divagando y a mí, de tan nerviosa que estaba, no se me ocurrió otra cosa que interrumpirlo.

—Bueno, Merca, ¿lo hacemos o qué?

Abrió los ojos y sorprendido agregó que yo era muy directa. Intenté sonreír. Cuando me pongo nerviosa suelo ser verdaderamente muy directa. Merca se levantó, dijo que me quitara la ropa y lo esperara en la cama, él iba al baño. Aquello me pareció terrible, no sólo porque fuera mi primera vez consciente, ni porque careciera del romanticismo que siempre me ha parecido existe en estos casos, el problema para mí, y esto era justamente lo más difícil de superar, es que yo aún odiaba mi cuerpo y eso de exhibirlo, así, tan crudamente, me sonaba a un castigo o a una tarea de choque de la UJC. En fin, que respiré profundamente, me quité el pantalón y corrí a sentarme en la cama, recostada a la pared con las rodillas alzadas y metidas dentro de mi camisón. Cuando él salió del baño venía desnudo. Caminó libremente por la habitación hacia la grabadora para poner una música, mientras yo observaba aquel cuerpo delgado totalmente desnudo para mí y en el centro, el péndulo de Foucault oscilando libremente como se movía la tierra en esos días, anárquica y sin rumbo fijo. Me gustó mirar su cuerpo, era en verdad mi primer cuerpo. El Merca estaba un poco flaco y esto era algo reconfortante para mí, pero hay desnudos masculinos que suelen ser perfectos; los romanos no se equivocaron con tantas esculturas.

—¿Y a ti qué te pasa?

No sé qué cara tendría yo cuando él se dio la vuelta, sólo sé que estaba muy nerviosa. Se sentó frente a mí y comenzó a acariciar mis pies. Yo abracé mis rodillas y lo miré muy seria.

—Merca, tengo que confesarte una cosa, mi gran problema también es la sensibilidad… No quiero mentirte y debes jurarme que de esto no hablaremos nunca más —me mordí los labios y suspiré—. Quizás te resulte un poco extraña e inaccesible, y es que mi historia es un poco larga, cuando era muy joven me enamoré de un egiptólogo inglés mucho mayor que yo, tuvimos un romance fantástico; él tuvo que irse a El Cairo por su trabajo y murió en un derrumbe, yo terminé igualmente derrumbada y entonces conocí a un exiliado chileno, también mayor que yo, me enamoré, y estuvimos juntos hasta que él regresó a Chile y allí lo asesinaron; estuve mucho tiempo mal, hasta que conocí a otro hombre, igualmente mayor que yo, cubano, un intelectual que sufrió mucho por cosas que no puedo contarte y terminó cortándose las venas, después de esto, decidí que no me enamoraría nunca más; por eso soy así, un poco esquiva, como ves; parece que mi karma no son los hombres mayores, por eso temo por nuestro amigo, porque me ama, lo sabemos, pero de esto no quiero hablarle; tú eres el tipo más joven con que me voy a la cama, y confieso que hace mucho tiempo que no hago el amor, así es que tendrás que disculparme si estoy un poco fría, pero es importante para mí, siento que es una señal; si te parece absurdo, me lo dices y me voy, sólo que a ti, especialmente a ti, no quería mentirte.

Suspiré profundamente y me sentí relajada. Mi discurso podría haber provocado que el Merca, sintiéndose futuro cadáver, me pusiera de patitas en la calle antes de ponerme el pantalón, pero siempre hay que correr riesgos. Su reacción en cambio fue distinta. Se incorporó pasándome dulcemente la mano sobre el rostro.

—La primera novia que yo amé se suicidó porque pensó que yo le pegaba los tarros, a partir de ahí empecé a beber y a estar con cualquiera, yo guardaré tu secreto...

Me sentí un poco en culpa. Si el Merca decía la verdad yo era una mentirosa y eso no estaba bien, pero era tarde. Él comenzó a besarme dulcemente y me sentí tan bien, porque en el fondo sabía que existía algo, existían muchas cosas que yo no me atrevería a contar a nadie porque a nadie importaban. Al final me pareció que era mucho mejor una historia de amores y de muertes que una verdad aburrida. Cuando no se está conforme con el mundo en que se vive, a veces funciona inventarse un mundo diferente, crearse otro rostro, cambiar de identidad, esto no te borra la historia; pero las personas nacen cuando uno las conoce; ¿a quién le importa el antes si el después es lo que se construye? Al final vivimos en un escenario gigante cargado de máscaras; basta tener conciencia de la máscara sin convertirte en ella y desnudarte poco a poco, en el momento justo. Hay siempre un momento para cada cosa, importante es descubrirlo antes que el escenario explote.

Esa noche hicimos el amor y no me sentí extraña. Sentí que mi cuerpo era mi cuerpo, un poco más que el velo que me separa de los otros. No sé si él notó que era mi primera vez y en verdad no me importaba. Ya había sudado tanto que lo demás se volvía desoladoramente secundario, parte de la nada. Casi al amanecer, antes de dormirnos, el Merca me abrazó besando mi frente y cerró los ojos preguntando qué edad tenía. Yo tenía veinte años y me dormí sospechando que mi historia había sido demasiado larga para tan poco tiempo. Pero lo creíble a veces suele ser lo absolutamente inverosímil en todos los detalles, porque no acepta objeciones y entonces: se cree o no se cree y basta.

En julio de ese año, la madre de Cuatro telefoneó para anunciarme el regreso definitivo de nuestro científico, el mes siguiente. Estaba muy ansiosa por verlo y el Merca quería conocer quién era ese amigo de quien tanto yo hablaba. Ya para ese tiempo nuestra relación se había establecido sin planificaciones previas y yo sabía el porqué del sobrenombre. Merca le decían a la cocaína que no sabía cómo pero él siempre lograba conseguir. Conocía a los que vendían y los que querían comprar. Y aunque verdaderamente éste no fuera mi hobby preferido, no me parecía mal. El Merca siempre estaba muy animado. Nos veíamos con frecuencia, no todos los días porque había cosas que hacer. Yo seguía estudiando la lengua de Paul Éluard y asistiendo a mis rituales en casa de Dios, que aceptaba con ciertas reservas mi relación con su amigo y en cuanto se ponía borracho comenzaba a injuriarme en francés y provocar al Merca. Al final terminábamos juntos los tres conversando animadamente en el cuartico de tertulias.

En casa, la vida seguía como de costumbre. Mamá y la tía sabían que yo tenía un amigo, pero no preguntaban demasiado. Sólo una vez Mamá quiso saber dónde pasaba las noches que dormía fuera. Respondí que las pasaba bajo techo y no volvió a preguntar. Seguramente sospechó que su hija ya no era una niña y decidió respetarlo. Yo decía simplemente «hasta más tarde» o «hasta mañana», ésas eran las señales. La tía a veces bromeaba diciendo que quería conocer al fantasma de la ópera, yo decía que era el jorobado de Notre Dame y se echaba a reír. Pero ninguna de las dos se molestaba. Por esos tiempos, la tía había mejorado muchísimo y cuando yo salía las dejaba en el cuarto, jugando a las cartas o metidas en una interesante discusión esotérica a propósito de los últimos libros enviados por la tía argentina. A Papá mi vida privada no parecía importarle mucho, él seguía en su taller de reparaciones, cada día trabajando más y llegando a casa a horas que nadie podía definir a veces. La abuela era la que no se veía muy bien, su salud andaba un poco frágil. Pasaba casi todo el día dormitando en el sillón y luego frente al televisor viendo la novela brasileña. Papá en su proceso de paz había conseguido que no gruñera tanto a causa de sus hijos, y ella no sé si por cansancio o por amor de madre terminó aceptando los defectos de cada cual. Decía que era lo que Dios había dispuesto y ella era un cordero de Dios. El tío venía todos los lunes a verla, y cada lunes le arreglaba el pelo y daba masajes a sus pies. Cuando se marchaba la abuela repetía varias veces antes de dormirse en el sillón que ésa era la niña que siempre había querido tener.

En agosto, Cuatro regresó a La Habana. Llegó tarde en la noche, así es que el día siguiente, en cuanto me desperté, casi a las once de la mañana, me fui corriendo a su casa. Se apareció en la sala gritando un «flaca de mi vida» que retumbó en el edificio. La madre se echó a reír porque no dejábamos de abrazarnos, besarnos y mirarnos. Estábamos realmente distintos. No sé si el frío de Europa o algún experimento de física, pero el Cuatro que regresó era corpulento, no diría que gordo, o un poco gordo sí, para mí, que lo conocía flaco, con su mirada de miope con lentes y el pelado de muchacho serio. De mí lo asombró un poco la forma de vestir, y es que iba en minifalda, con unos tenis sin medias, no en pantalones como siempre me había conocido; «ya te contaré», le dije y nos fuimos al cuarto. Cuatro en realidad se sentía un poco triste por el regreso, y es que las cosas se habían puesto tan malas en aquella Europa que por problemas de seguridad todos los estudiantes cubanos debían regresar y seguir los estudios aquí. Mi amigo debía continuar en la CUJAE en una carrera que se llamaba «equipos y componentes electrónicos», quizás no sería exactamente su sueño dorado, pero él era un científico, así es que en cualquier cosa sería brillante.

Aproximadamente una hora después de estar conversando, la mamá asomó la cabeza por la puerta anunciando otra visita. Retiró su cabeza y en su lugar apareció una mano con una botella de coñac. Cuatro se levantó contento y abrazó al Poeta, que ya aparecía de cuerpo entero envolviendo a su amigo y dando exclamaciones, mientras el otro le revolvía el pelo largo hasta que se separaron. El Poeta sonrió extendiéndole la botella y dijo:

—«Algo te identifica con el que se aleja de ti.»

Los dos continuaron juntos:

—«Y es la facultad común de volver.»

—«Algo te separa del que se queda contigo» —dije yo desde la cama continuando el poema, y los dos me miraron.

—Coño, flaca, ¿cómo estás?, no sabía que estabas aquí.

Saludé al Poeta y Cuatro se sintió feliz porque volvíamos a estar juntos, como en los buenos tiempos. Dijo que iba por vasos y se fue a la cocina. Yo le sonreí al Poeta, que no dejaba de mirarme sin saber qué hacer.

—No voy a citar a ninguno de los poetas que tanto te gustan porque tengo mis palabras; mira, ha pasado mucho tiempo y en realidad estoy aburrida de esta tirantez entre nosotros, cuando una ciudad se destruye es necesario construir otra, así es que se acabó; además, ya Cuatro está de regreso, por tanto, cambia la cara, dame un beso de saludo y si quieres te acepto el poema *Arrepentimientos II*, pero te advierto que no pienso hacer colección de poemas mediocres con el mismo título, así es que hagamos las paces definitivamente.

El Poeta sonrió besándome la cara; realmente se veía feliz y a mí me hacía feliz volver a verlo como antes. De cualquier forma aquel encuentro extraño había dejado de existir en mi cabeza hacía mucho tiempo.

Estuvimos conversando hasta la noche, escuchando las historias de Europa y viendo fotografías. Luego las confesiones de los tres: Cuatro había alcanzado una novia que le duró ocho meses, lo demás eran romances pasajeros. El Poeta, como siempre, historias de dos o tres meses que incluso podían coincidir. Yo en cambio hablé de un romance interesante, sólo eso por el momento. Luego vino la parte que no podía faltar, Cuatro contó lo difícil de los últimos meses en la beca, la situación política cambiante. Ya para ese entonces comenzaba a hablarse de la amenaza de un «período especial» que nadie podía definir exactamente qué sería. Para mí «especial» siempre había sonado a cosa buena, pero la especialidad en este caso significaba otra cosa. El Poeta hizo todo un discurso contándole a nuestro amigo y anunciando carencias en todos los sentidos.

—Yo te lo juro, asere, la cosa pinta feo, a mí esto hace rato dejó de cuadrarme, y si me quitan la jama, ¿con qué me quedo?

El panorama del Poeta me parecía un poco tétrico, pero Cuatro lo apoyaba, siempre con una dosis de optimismo como correspondía a un tipo de su personalidad y formación.

En septiembre, Cuatro se incorporó a la CUJAE. Ahí no conocía a casi nadie. Se quejaba porque debía levantarse excesivamente temprano para coger la guagua y, además, porque pasaba hambre, pero en lo demás no andaba tan mal, había muchachas muy bonitas y las clases eran en español que sin dudas debía resultar más fácil que el checo. Nos veíamos con frecuencia porque se matriculó en mi misma escuela de idiomas para estudiar inglés. Esto era fantástico para los dos. Salir otra vez juntos del mismo sitio. Volver a recorrer las mismas calles. Cuatro se asombraba porque mi amistad con su vecino había ido in crescendo y moría de la risa al recordar el cuento de la vez que llegué borracha a su casa buscando cartas a las tres de la mañana. Yo seguía siendo un poco loca, decía él, pero ya sin regaños. Pienso que la primera vez que vio al Merca no le gustó. Nos encontramos a la entrada de la escuela. Él me esperaba afuera y nos vio llegar juntos. Los presenté, el Merca dijo que cualquier día nos iríamos a beber un litro a su casa, me dio un beso en la frente, una nalgada y se fue. Al salir de la escuela Cuatro no dijo nada, preguntó qué hacía mi muchacho y por eso sospecho que no le gustó mucho. Cuatro era así, tampoco le gustaba Dios y Dios era mi amigo, y el Poeta era como ellos, sólo que ya Cuatro lo conocía bien. Cuando llegamos a la puerta de mi edificio, como cuando niños, nos paramos para despedirnos.

—Tengo que confesarte una cosa, flaca: lo más feliz en Europa era recibir tus cartas, sin fecha, ni despedidas, simplemente historias, y por eso me gustaban tanto; deberías dedicarte a la literatura, a lo mejor por ahí está tu rumbo, y cuando vuelvas a escribir otro, si quieres me lo mandas por correo a casa.

Yo sonreí sabiendo que mis cuentos no le interesaban a nadie porque no hablaban de Angola, ni hablaban mal del Gobierno, ni de nada de lo que en esos momentos podía resultar interesante. Le interesaban a Cuatro porque era mi amigo, pero ya estaba aquí, así es que no tenía sentido seguírselos mandando; para mí, no tenía sentido. Entonces le di un beso y entré al edificio. A mis cuentos les tocaban varios compases de espera.

Un espacio vacío

El día que la prensa anunció la suspensión del *Sput-nik*, Cuatro llegó a casa muy molesto. Yo estudiaba francés en mi cuarto, con Frida entre las piernas. Sentí su toque en la puerta y levanté la vista. Cuatro entró hablando encolerizado. El *Sputnik* había sido su revista favorita de toda la vida, por ahí se había enterado de casi todo lo que le interesaba en su infancia y ahora se estaba enterando de una historia que no se había publicado antes. Para él, la prohibición era una falta de respeto a la libertad de prensa y a la libertad individual de escoger con qué porquería se quería uno llenar el cerebro. Yo traté de calmarlo con mi acostumbrada parsimonia y Cuatro estalló.

—Pero ¿a ti no te importa nada, flaca?, el mundo está cambiando, ¿tú no te das cuenta?, Europa se revuelve entre elecciones, aumentos de precios y huelgas, están revisando la historia, están juzgando la historia y aquí ya están faltando demasiadas cosas, mientras tú sigues ahí tirada, estudiando francés, y emborrachándote con el pelú ese, como si no pasara nada.

—¿Y qué quieres que haga yo?: me gusta el francés y me gusta el pelú, entonces estudio francés y ando con el pelú; si te molesta tanto lo del *Sputnik*, vete a organizar una huelga de protesta como hicieron en París en el 68, y a mí déjame estudiar que tengo examen.

Sé que mi respuesta no le gustó mucho porque no dijo nada más y se marchó. Luego lo llamé por teléfono y todo estuvo bien. Lo que me molestaba de esos tiempos era que todo el mundo hablaba, presagiaban el futuro y se sentaban a esperarlo, así, como los bebés de Frida esperando la comida. Una gran cadena de dependencias en perfecta armonía, o mi «teoría del ordenamiento de las especies»; todo en su orden establecido, como en la casa grande, pero en cuanto algo fallaba había que buscar al culpable. Hallar al culpable no resuelve nada, pero verdaderamente da una placentera sensación de inocencia.

Por esos primeros meses, Mamá estaba envuelta en todo un proceso de recuperación de identidad. Luego de tantos años de ausencia, su padre le había hablado por teléfono y Mamá era un saco de emociones. Mi abuelo argentino era verdaderamente parco en sus palabras, porque Mamá estuvo apenas quince minutos al teléfono, tiempo suficiente para recibir la anuencia tan esperada. Cuando colgó, me abrazó con lágrimas en los ojos diciendo que su padre quería verla, que la había invitado a pasar vacaciones juntos, toda la familia, allá en su Buenos Aires, que por estos tiempos sería completamente nuevo para ella. La noticia nos hizo feliz a la tía y a mí. La abuela apenas hablaba en esos días y Papá se enteró dos días después, cuando regresó a casa, imagino que después de haber arreglado todos los televisores del país.

Papá hacía poco tiempo había comprado la bicicleta, concedida en su trabajo. El carro descansaba parqueado en la calle porque la gasolina no alcanzaba. Al principio se sintió contento porque eso de andar en bici era un buen ejercicio, sobre todo para alguien que había pasado su vida muy atlético. Luego, cuando tuvo que hacerle pinzas al primer pantalón que ya le quedaba un poco grande, empezó a molestarse, sobre todo porque el calor de la ciudad no era buena compañía para andar pedaleando todo el tiempo.

Mamá tuvo todos los papeles arreglados en marzo. A fines de mes fuimos a despedirla al aeropuerto. Estaba nerviosa y excitada a la vez y no hacía más que darme consejos, que comiera, que cocinara para la abuela porque mi padre seguramente andaba en alguna historia y se desaparecería de casa, que me ocupara de la tía, que me cuidara mucho, todo eso y lo demás que suelen decir las madres. Un beso grande y buena suerte, Mamá. Yo estaba contenta porque la veía feliz.

Esa mañana, cuando regresábamos del aeropuerto, Papá pidió que me encargara de la comida porque él tenía que hacer una gestión. Era domingo. En casa preparé unos chícharos y arroz que la abuela apenas quiso comer. Por fortuna, a la tía cualquier cosa le daba igual, así es que comimos juntas viendo la tanda del domingo. Yo no pensaba salir, pero el Merca llamó cerca de las siete porque a causa del viaje de Mamá nos habíamos visto poco en los últimos días. La tía me miró y dijo que si quería salir «hasta mañana». Ok. El Merca me esperaría en su cuartico. Salí como a las ocho y media de la noche. La abuela veía el noticiero y la tía ya se preparaba para encerrarse en el cuarto con los libros esotéricos que eran su última predilección.

Esa noche, el Merca me esperaba con varios amigos, ya se habían dado unos «pases», pero por fortuna aún no estaban borrachos. Por aquel tiempo realmente tenía un poco abandonado a Dios. Él apenas quería salir de casa y nosotros siempre nos íbamos por ahí y terminábamos en el cuartico del Merca. Dios no se movía si no era para ir a un sitio que quedara a un máximo de seis cuadras a pie. Decía que ya estaba un poco viejo y la ciudad iba perdiendo el encanto, así es que la pasaba metido allí, con sus costumbres de siempre, el café, sus cigarritos y su botella de contenido etílico de dudosa procedencia.

En casa del Merca estuvimos hasta que se acabó el ron, cerca de las dos de la mañana. Entonces hubo que salir a buscar. A esa hora, imposible. Lo único que hallamos fue un alcohol preparado en casa de un conocido de ellos en un solar de La Habana Vieja donde nos quedamos. Me puse a beber y recordé al abuelo. A esa altura del tiempo ni Papá ni yo sabíamos nada de él, aunque sé que mi padre estaba convencido de que lo único que le había interesado era su dinero. Juré que cualquier día de ésos volvería a su casa.

Cuando empezó a amanecer, yo me moría del sueño y no había bebido tanto. Me sentía cansada porque en los últimos días Mamá y yo dormimos poco. El Merca sí que estaba borrachísimo, pero yo ya era experta en conducir borrachos, así que casi a rastras llegamos a su casa. Me tiré en la cama sin siquiera quitarme la ropa. Él se tiró junto a mí y me abrazó.

—Gata, gata mía, tú eres mi gata y yo tengo una cosa muy importante que decirte... ¿Te quieres casar conmigo?

No sé si lo que me dio más gracia fue su cara de borracho o la pregunta. Le di un beso y pedí que durmiera, era muy tarde y yo estaba cansada. Se sentó en la cama muy serio y dijo que llevábamos casi un año juntos, esta ciudad se estaba poniendo mala y él quería organizar su vida. Lo de organizar su vida me parecía bien, pero no a esa hora y menos con esa borrachera. Entonces agregó que sobrio no podría pedírmelo porque tenía miedo de que yo no aceptara. El miedo tiene tantos rostros. Yo quería al Merca, pero ni sobrio ni borracho quería casarme con él. Eso del matrimonio no me parecía que tuviera nada que ver con organizar la vida. Era apenas otra sublimación de la nada. Un becerro de oro. Aferrarse para no seguir en la incertidumbre de saber qué existe más allá. Yo no quería eso. No quería decir «he hecho algo porque me he casado», eso me sonaba hueco y los huecos me dan vértigo. Pero ¿cómo explicárselo a un borracho que te mira esperando respuesta? De ninguna forma, claro, las palabras no son el único lenguaje que existe. Sonreí, le di un beso en la frente y me tiré a dormir.

Casi a las dos de la tarde cerré la puerta del cuartico dejando al Merca durmiendo y me fui a casa. Era lunes, eso no voy a olvidarlo nunca. Cuando abrí la puerta lo primero que vi fue a la tía sentada en el piso, con la espalda recostada a la pared y las rodillas para arriba. Ella levantó la vista y me miró con los ojos muy abiertos y esa cara disturbada que tenía a veces. Pregunté qué hacía allí y empezó a comerse las uñas, los labios le temblaban y su respiración era agitada. Me agaché junto a ella y volví a preguntar. Entonces empezó a tartamudear nerviosa.

—Yo, yo, yo no hice nada, le di-dije que fuera para la ca-cama, pero no no se mueve, no quiere, está ahí, no no se mueve.

Sentí un frío que me entraba por la cabeza cubriéndome todo el cuerpo y me incorporé caminando al interior de la sala. La tía se puso de pie para seguirme con su tartamudeo constante. La abuela estaba sentada en el sillón justo como yo la había dejado, el televisor aún encendido lleno de punticos grises. La toqué por un hombro llamándola, pero no se movió, estaba fría. La otra empezó a dar vueltas muy nerviosa, pidiéndome que no la tocara, ella no quería moverse, que no la tocara. Tomé la muñeca de mi abuela y no tenía pulso. Mi abuela estaba muerta y la tía no hacía más que tartamudear. Los dedos empezaron a temblarme, fui al teléfono y busqué nerviosa en la libreta el teléfono del taller donde trabajaba Papá. Mi tía se acercó asustada y colgó, pidiendo que no llamara a la policía, era mejor dejarla ahí y escondernos en el cuarto. Traté de calmarla y volví a marcar. Del otro lado una voz contestó que mi padre estaba de vacaciones esa semana. Sentí rabia de repente y no sabía qué hacer entre la tía hablándome demasiado cerca y la abuela enfriándose en el sillón. Marqué deprisa el teléfono de Cuatro, no había nadie. Merca no tenía teléfono. El Poeta, no había nadie. Dios. Dios respondió con voz de sueño, yo estaba muy nerviosa, no recuerdo que dije, pero contestó que llamaría a una ambulancia y vendría a casa. Colgué. La tía me seguía preguntando si había llamado a la policía, intenté calmarla y en eso tocaron a la puerta. Ella se levantó y fue a sentarse a un rincón lloriqueando y jurando que su madre no quería moverse, la noche anterior cuando ella fue a apagar el televisor, su madre no quería moverse. Cuando abrí la puerta el tío me sonrió brindándome una florecita. Yo balbuceé un «Tío…, la abuela» y él me empujó entrando y preguntando qué le pasaba a su madre. Cuando la vio en el sillón y empezó a llamarla y abrazarla y a intentar moverla y se dio cuenta que todo era imposible, entonces soltó un chillido y se tiró a sus pies llorando desconsoladamente, pidiendo ayuda a Dios y preguntando quién le había hecho esto a su madrecita santa. La tía se levantó totalmente descompuesta jurando que se la había encontrado así, que no quería moverse, mientras el tío chillaba y yo me senté en el sofá, desistiendo de la idea de que el tío, un poco más cuerdo, pudiera decirme qué se hace en estos casos. Me senté y apoyé la cabeza entre las manos para observar el espectáculo mientras mi padre andaba de vacaciones quién sabe dónde ni con quién.

Me encargué de todo con ayuda de Dios. Él dio las indicaciones y se llevó a la tía al hospital, donde la dejaron ingresada en psiquiatría. El tío no hizo más que llorar todo el tiempo atendido por sus amigos que aparecieron después. Dios llamó a Cuatro desde la funeraria y él fue con el Poeta. Todos querían estar cerca de mí, mis amigos, digo: el Merca por no tener teléfono no sabía nada y Papá continuaba de vacaciones.

La abuela murió de infarto unas horas después de yo salir de casa aquel domingo. En el cementerio el Merca apareció. Dios, que apenas salía en esos días, se había tomado el trabajo de ir a pie hasta su casa para avisarle. Me abrazó y rechacé sus brazos, no tenía nada en contra de él, pero quería estar sola. Cuando todo terminó el tío se acercó con los ojos muy hinchados preguntando por «el hijo pródigo», mi padre, claro. Yo lo mandé al carajo y le di la espalda. Mis amigos no querían que me fuera a casa, pero debía estar allí por si Mamá llamaba. El Merca insistió para quedarse conmigo. No quise. Le di un beso en la frente y pedí que me dejara sola.

En casa había un silencio seductor. Me senté en el rincón junto al sofá y comencé lentamente, como cuando niña, a golpearme la cabeza contra la pared. Esto siempre me produjo sensaciones agradables. Entonces empecé a llorar. Con todo el alboroto y los trámites no había tenido tiempo de hacerlo y en realidad en esos momentos no sabía definir exactamente por qué lo hacía, pero me venía bien. Mamá telefoneó en la noche preocupada porque en sus intentos anteriores no había nadie en casa. Le di la novedad y no quise hablar de los detalles. Ella se sintió conmovida, pero aceptó mi silencio y a petición mía habló de cosas agradables.

Papá regresó a casa el miércoles por la noche. Él ya sabía la noticia, no sé cómo. Abrió la puerta de la calle y me encontró tirada leyendo en el sofá. Se sentó junto a mí con rostro de desasosiego. Yo extendí la mano brindándole dos papelitos, en uno estaba la localización de la tumba en el cementerio, en otro la localización de la tía en el hospital. Él debía encargarse de su familia porque yo me iba de casa hasta que regresara Mamá. Volví a tomar el libro y continué la lectura. Intentó decir algo, pero pedí que no me molestara, estaba leyendo algo verdaderamente interesante.

Dos días después me fui a vivir con Frida al cuartico del Merca. Mamá pasaría tres meses en su patria y yo no tenía ganas de la casa grande y sus capítulos. Uno de los viernes que fui a esperar llamada de Argentina, Papá dijo que el tío vendría a casa el domingo porque quería hablar con toda la familia. El domingo nos reunimos los tres. El tío ya había tenido una discusión con mi padre que por fortuna no presencié. Ese día nos comunicó que se iba del país. Hacía mucho tiempo había entrado en contacto con su hermano mayor en Miami y él lo estaba ayudando para salir de Cuba. Se había casado hacía tres meses con una dominicana y lo único que lo retenía era su madre, pero muerto el perro, se acabó la rabia. Ya el tío no tenía nada que hacer en ese país donde se pasaba tanto trabajo y donde el llamado «período especial» era una amenaza cada vez mayor, además de que sus principios de homosexual declarado le impedían permanecer en una sociedad donde la homosexualidad era un freno para casi todo. El tío dijo que su objetivo era llegar a Miami y así lo haría. Le deseé buena suerte y Papá no dijo nada.

Cuando se fue, tampoco dijo nada. Imagino que se sentiría muy mal por la muerte de su madre, porque su rostro se veía alterado, pero de eso yo no quería hablar. Me levanté para largarme y entonces preguntó si me iba bien. Contesté que sí. Preguntó si lo odiaba y sonreí. Yo no lo odiaba. A esa altura del tiempo el odio era uno de los sentimientos más inservibles que conocía. No conduce a nada, te va convirtiendo en un ser oscuro y cargado de resentimientos que impiden ver la luz. Yo quería ver la luz, por eso ya no podía odiar a nadie. Lo que sentía más bien era pena, pero ¿eso cómo decírselo a los otros? No decírselo y basta. El silencio era un estado que conocía demasiado bien.

—¿Sabes cuál es tu problema?, que no acabas de establecer un equilibrio entre lo que crees correcto y lo que de veras quieres, eso se llama autorrepresión. El día que decidas ser sincero contigo mismo vas a empezar a vivir sin remordimientos, y sin temor a que alguien pueda odiarte, pero tienes que empezar por dejar de odiarte a ti, tienes que partir de ti.

Le di un beso y caminé hacia la puerta. A mis espaldas sentí su voz anunciándome que tenía una mujer: era una relación importante para él, que estaba tratando de reorganizar su vida. Las personas siempre trataban de reorganizar su vida, pero lo hacían cada vez que alguien aparecía en su vida. Ninguno trataba de organizarse solo y eso para mí era lo más importante. Cuando existe un equilibrio interno, entonces puede pensarse en lo demás, pero lo más importante siempre es uno mismo. Di la vuelta y sonreí a mi padre deseándole buena suerte.

Barajas ordenadas

El tiempo que pasé en casa del Merca estuvo bien. Él no me molestaba demasiado, y yo me daba cuenta de que los primeros días estuvo casi todo el tiempo tratando de divertirme para que olvidara el episodio de la abuela. El Merca a veces podía resultar el tipo más tierno del mundo. Yo pasaba casi todo el día tirada en la cama, jugando con Frida y pensando. No tenía ganas de hablar, ni leer, y hasta abandoné el francés. La casa grande resultaba para mí un tablero sin reina, un juego anárquico de piezas enloquecidas. La abuela muerta, la tía ingresada en el psiquiátrico, Mamá en Argentina, el tío preparando sus papeles, yo en casa ajena y Papá merodeando solo. Algo me decía que el siguiente movimiento sería el principio de una descomposición escalonada. Algo así sucedía afuera.

Del lado de allá de las paredes de la casa grande, la ciudad se transformaba con los días. Cerraban los establecimientos de alimentos Vía CAME, faltaba la gasolina, los apagones se convertían poco a poco en el deporte nacional, cosas así que a mí seguían importándome demasiado poco, pero a los demás no. Cuatro y el Poeta estaban insoportables, venían a visitarme y todo el tiempo hablaban de lo mismo, que si tal músico se había quedado en una gira, que si la «opción cero», hasta que alguno aceptaba mi silencio y entonces cambiaban la conversación. Yo no quería hablar de nada, sólo pensaba y trataba de alejarme un poco con el Merca que siempre tenía buenos métodos para inventarse realidades diferentes. Entonces nos largábamos juntos. A veces me tendía desnuda en la cama y él colocaba el polvo entre mis senos, iba aspirando mientras me tocaba. Luego aspiraba yo sobre un cristal y él continuaba tocándome para que me fuera a un sitio lleno de luces donde no existía nada. La nada es un hecho bien concreto y a veces necesario, a veces refugio contra la propia nada que nos circunda.

A Dios no le gustaban estas cosas. Volví a frecuentarlo y en su casa volvimos a beber y yo bebía cualquier cosa, incluso lo que él denominaba «no apto para menores». Mi relación con el Merca, no le disgustaba totalmente, pero según él no era un tipo para mí. Se molestaba de verme con la ropa estrujada y demasiado flaca. Se molestaba porque no me afeitaba las piernas y me comía las uñas. Yo reía porque Dios era un absoluto desastre, pero él siempre decía «haz lo que yo digo, no lo que yo hago», como casi todo el mundo, mientras seguía bebiendo y acumulando grietas en las paredes de su casa. Un día, estando los tres en el cuartico de tertulias escuchando un disco de Baglietto, de repente sentí un tango y empecé a reír. Dios y el Merca me miraron sorprendidos y yo seguí riendo y recordando a Mamá con su tocadiscos viejo y su rostro sombrío. Me pareció que algo en mí la semejaba demasiado y no quería eso. Siempre había tenido la certeza de lo que no quería, sólo que aún seguía sin saber lo que quería y eso me daba risa. El Merca preguntó si había fumado sola y Dios retiró mi vaso sin decirme nada. Yo seguí riendo. Fue un momento extraño porque de repente me quedé muy seria.

—Yo los quiero mucho a ustedes, ¿saben?

Dios volvió a colocar el vaso junto a mí y el Merca buscó un cartucho para hacer un cigarro. Me sentí calmada. Lo que más me gustaba de mis amigos era que no necesitaban mentir, ni justificar nada. Dios era un alcohólico y el Merca casi drogadicto porque les daba la gana de serlo. Me preguntaba si en verdad la causa que se encuentra para justificar la consecuencia era la justa o acaso una máscara. Así, como en la casa grande y fuera de sus paredes. Siempre existían causas. Siempre una cosa antecediendo a otra que antecedía a otra y el juego de las cartas alineadas. Determiné que me cagaría en todo. Acepté la muerte de la abuela como un hecho natural y la futura «opción cero» como algo que se convertiría en natural si dejaba de ser futuro. Mientras tanto tenía que seguir y equilibrar el mundo que estaba a mi alcance: mi mundo.

Mamá regresó a finales de junio y retorné a casa. Vino distinta, más gorda, con el pelo rizado y acentuando las palabras como una argentina de verdad. Tres meses le habían devuelto un brillo que hacía mucho no le conocía y eso me parecía fantástico. Pasó casi dos semanas sin parar de hablar, contando de su tierra y su familia. Ella hablaba todo el tiempo, conmigo, con Papá, en el hospital visitando a la tía, con la gente por la calle, con Frida, era increíble. Yo demoré apenas media hora para contar todo lo sucedido, pero Mamá estaba tan excitada que dijo que mi padre había sido un mierda toda la vida, al tío que le fuera bien y a la tía ya nos encargaríamos de traerla sana a casa, mientras tanto debíamos ocuparnos de nosotras. Mamá tenía muchos planes y hasta había entrado en contacto con gente de teatro, amigos de su hermana. Pensaba escribir artículos para revistas de allá y eso del «período especial» no le importaba demasiado porque ella era extranjera y podía entrar en los hoteles a comprar cuantas veces le diera la gana con los dólares que el abuelo le había regalado por su cumpleaños. A Papá sospecho que su actitud no le gustó mucho. Se negó a aceptar alguna cosa de mi madre porque los lazos entre ellos estaban rotos y un hombre no acepta migajas de su ex mujer. Él seguía con la bicicleta y cada día durmiendo menos en casa.

El tío vino a despedirse en septiembre. Una semana después tomó el avión y se fue con su mujer a Santo Domingo. Ese mismo mes volví a comenzar la escuela de idiomas. Con el desorden de los últimos meses había abandonado el curso y conseguí repetir el año. Cuatro seguía estudiando inglés pero teníamos horarios distintos, así es que no coincidíamos en la escuela.

El Merca y yo continuábamos nuestro romance. Andaba metido en la producción de casi todos los conciertos que se hacían en la ciudad para luego irse a las fiestas a drogarse, pero la merca no era mi preferida, me daba coriza, así es que prefería el alcohol. Él y el Poeta se habían hecho amigos. Nos encontrábamos en casi todos los lugares donde Cuatro se negaba a acompañarnos. Por aquellos tiempos, mi amigo científico tenía una novia y preferían regresar a casa después de los conciertos a ver las películas de televisión. Nosotros seguíamos de parranda muchas veces a casa del Poeta. El Merca siempre daba un toque en su hombro para irse juntos al baño, de donde regresaban con los ojos rojos y la lengua atropellada. Era divertido. El Poeta empezaba a filosofar, los trovadores se pasaban la guitarra y eran las fiestas locas, mientras afuera la ciudad organizaba su crisis y en el mundo continuaban cayéndose barajas del campo socialista.

El futuro no tiene el don de lo eterno. La palabra es tan efímera como los calendarios. En el 92 declararon el «período especial». Mamá empezó a blasfemar en argentino porque los apagones de ocho horas le impedían trabajar en casa. Finalmente había conseguido el contrato con una pequeña revista de su tierra y enviaba artículos sobre el teatro en mi tierra. Con esto conseguía algún dinero porque la familia regularmente enviaba regalos, pero Mamá se negaba a aceptar dinero. Decía que sería capaz de ganárselo, no haría como la tía argentina, y eso me parecía bien, así es que elogiaba sus chícharos desabridos, porque verdaderamente yo no aportaba nada a casa. Papá continuaba bajando de peso y aburrido porque en su taller no había piezas con que arreglar los televisores rusos. Los fines de semana que la tía venía a casa eran un caos para mis padres. Ella no lograba recuperarse, tenía buenos momentos pero pasaba casi todo el tiempo en crisis y por eso era mejor el hospital. Cuando la traían, Mamá pasaba la semana antes nerviosa buscando algo de comida que le pareciera bien, pero para mi tía todo estaba mal. Se negaba a comer y decía frases inconclusas. Yo era la más paciente. Me sentaba en su cuarto y entonces organizaba audiciones. Volvimos a *Tosca*, *El trovador* y las otras, pero con modificaciones. De *Tosca* sólo se podía escuchar hasta los disparos y ella diciendo «Là!, muori!, Ecco un artista!», en ese momento yo quitaba el disco porque la tía había decidido cambiar el final de todas las óperas y yo la complacía con la terrible sospecha de estar de acuerdo. ¿El arte es un reflejo de la vida o al revés? Quién lo sabe. La tía en medio de su mundo de imágenes confusas había optado por los finales felices y eso me parecía interesante.

Un día el Poeta me llamó pidiendo que fuera a su casa, sin el Merca. Él quería hablar con Cuatro y conmigo. Nos reunimos en la terracita. El Poeta descorchó una botella de vino que había mandado su madre desde París. Pregunté el motivo de tanta parsimonia y entonces nuestro amigo se dio un trago y dijo que se iba del país. Me recosté en el sillón y sonreí sin decir nada, pero Cuatro quiso saber y el Poeta respondió:

—Asere, yo esto no me lo meto, mima tiene un contrato en una universidad del yuma y ustedes saben que ella se ha pasado la vida trabajando y viviendo decentemente; ¿tú piensas que va a venir aquí para que se le vaya la luz y pasar trabajo?, no, mi madre no regresa aquí y yo tampoco me quiero quedar, así es que sus socios franceses me van a hacer la invitación; parto para París y de ahí saltaré y saltaré hasta llegar a Miami. Mañana pido licencia en la universidad. Esto nada más lo saben ustedes.

Bebí de mi trago y encendí un cigarro, pero a Cuatro no le parecía bien. Ellos estaban terminando el cuarto año y Cuatro consideraba que era mucho mejor aguantar un tiempo y si quería irse, bueno, era mejor ser un licenciado en Historia del Arte que ser un don nadie.

—Chico, y allá afuera ¿de qué pinga me vale una licenciatura en la universidad de La Habana?, ¿y si esto se pone más malo?, qué va, asere, yo voy echando y por el camino veré lo que me invento.

—De París me mandas una foto de la tumba de Paul Éluard, para regalársela a un amigo y una foto de la escultura de Juana de Arco; me gusta Juana de Arco.

Eso dije yo y Cuatro se levantó dando un puñetazo en la mesa. Dijo que el Poeta era un inmaduro y un loco, que si se iba a los Estados Unidos iba a terminar hecho un drogadicto o un alcohólico porque ésa era la vida que a él le gustaba. Cuatro se veía bien molesto, decía que la situación del país era una cosa circunstancial, no podía ser eterna, así es que ellos debían aprovechar para estudiar bastante porque eso era lo mejor y más barato que se podía hacer en este país. El otro agregó que en los Estados Unidos también podía continuar la carrera, su madre tendría un buen trabajo y no pasarían tanta hambre. En cuanto a las drogas sonrió diciendo que allá debían ser mejores. Me hizo gracia y Cuatro me miró muy serio afirmando que cualquier día de ésos yo seguramente querría hacer lo mismo, porque éramos iguales, pasábamos el tiempo perdiéndolo en vez de aprovechar la juventud para hacernos personas. Eso me molestó un poco y entonces me levanté agregando que yo me hacía persona como me saliera del culo, el mundo estaba lleno de personas, lo que las diferenciaba era el hecho de ser idiotas o no, y para hablarle en su lenguaje, acudí a la teoría de las probabilidades, según la cual la probabilidad de un resultado era la medida numérica que caracteriza la posibilidad objetiva de un resultado dado en un experimento. Considerando que un idiota jamás podía llegar a ser universitario, concluíamos que en el mundo era más probable encontrar universitarios convertidos en idiotas y entonces mi amigo Cuatro corría el riesgo de ser uno de ellos. Me senté y bebí otro trago. Lo de la teoría de las probabilidades lo había visto en un libro un día que esperaba a Cuatro en su cuarto y se me quedó grabada esa definición tan académica. El Poeta se echó a reír con mi discurso y el otro se sentó haciendo una mueca, un poco más relajado.

—Yo lo único que quería decirte es que allá afuera la cosa no es tan fácil como tú la pintas, compadre, allá afuera es una selva y a nosotros nos criaron gatos, no tigres, nosotros somos pichones con la boca abierta, porque nunca tuvimos que salir a buscar paja para hacer el nido, así es que lo mejor que podemos hacer es afilarnos un poco las uñas; nadie sabe qué va a pasar mañana, pero lo que pase, prefiero que me coja preparado —Cuatro sonrió mirándome—, aunque sea otro más en el ejército de universitarios idiotas.

El Poeta se fue en junio. Los últimos días los pasamos como de costumbre, entre borracheras y canciones. Fui sola a despedirlo al aeropuerto porque Cuatro estaba en exámenes finales. El Poeta se veía entre excitado y nervioso. Decía que le dolía un poco esto de partir sin retorno, pero así era mejor. Empezar un nuevo juego le resultaba más interesante que continuar una batalla perdida.

—Como no sé cuándo volvamos a vernos, flaca, quiero que sepas una cosa, yo me enamoré de ti, sé que siempre te parecí un amigo divertido, pero yo me enamoré de ti y lo que pasó entre nosotros...

Coloqué un dedo sobre sus labios y sonreí.

—Te dije que no quería un *Arrepentimientos II*.

Sonrió.

—Escríbeme, flaca, que yo te voy a escribir y te mandaré las fotos y te juro, asere, que por ti hago cualquier cosa, si quieres irte de aquí me lo dices y te saco, flaca; mi mamá tiene muchos amigos, así es que si la cosa se pone demasiado fea, me lo dices y yo te saco.

Agradecí al Poeta que me abrazó tiernamente. En realidad no sé por qué siempre lo llamé de esa forma: sus poemas eran una farsa, palabras ordenadas, buena ortografía y nada más. Cuando alzó el brazo para decirme adiós del lado de allá, sentí que lo quería, sí; después de todo el Poeta había sido un buen amigo.

Pero no te conformes

En agosto, Mamá regresaba a Argentina. Estaba nuevamente muy contenta y en esos momentos más, porque de veras era un año difícil y una visita al extranjero le serviría para desintoxicarse un poco de los chícharos cotidianos y el apagón.

En julio decidí hacer un viaje. Hacía mucho tiempo el Merca quería irse al río Toa, allá en Oriente, y considerando que el «período especial» podría recrudecerse, determinamos que era el momento de hacerlo. Con algo de esfuerzo convencí a Cuatro para que viniera con nosotros, y aceptó acompañado de su novia. A Mamá la idea no le gustaba mucho porque ella partía en agosto, pero prometí que regresaría antes y, para hacerla feliz, acordé que saldríamos todos de casa; así Mamá conoció al Merca.

Salimos un jueves. Viajar por la isla era casi una peregrinación que hasta podía resultar divertida. Un surrealismo tropical, irse a la carretera para esperar el primer camión que quisiera recogernos. Hicimos: Habana, Sancti Spiritu, Ciego de Ávila, Camagüey, Tunas, Holguin, Mayari, Moa. Cuatro días sin bañarnos, comiendo lo que apareciera, intentando dormir en la carretera, cosas

211

así. Cuatro se veía un poco molesto porque eso de andar apestoso no iba con él ni con su novia, pero para el Merca y para mí, todo andaba bien. El último camión fue de Moa al Paso del Toa, de ahí nos quedaba subir a pie río arriba para luego bajar navegando en una balsa construida de bambú. Era realmente excitante.

Demoramos dos días en subir. En las noches hacíamos campamentos a la orilla del río y comíamos de los boniatos que nos regaló un campesino o de los espaguetis comprados por el Merca gracias al dinero ganado en su venta de mariguana. Allí la cosa estaba peor que en la capital, la gente cocinaba con aceite sacado por ellos mismos del coco, y todo el mundo nos ponía cara extraña cuando preguntábamos por la comida, pero como andábamos de vacaciones todo nos daba igual. Lo peor era que de madrugada siempre llovía. Nos acostábamos las dos parejas y había una hora en que el cielo te obligaba a levantarte. El Merca sacaba el ron y pasábamos el resto de la noche bajo una lona, bebiendo, cantando y pensando en el Poeta, que seguramente estaría borracho con los vinos de París.

Una cosa que nos llamaba la atención era la gente. La gente del campo no es igual a la de la ciudad, pero algo había cambiado. Una vez se nos acercó un muchacho pensando que éramos extranjeros y dijo que nos cambiaba una gallina por un tubo de pasta de dientes y dos pulóvers. Cuatro se insultó, pero el Merca se fue con él y una hora después regresó con la gallina. Nadie dijo nada y yo no quise preguntar. El Merca traía los ojos rojos.

El viaje empezaba verdaderamente al llegar arriba. Allí hicimos una balsa de bambú siguiendo las instrucciones de un campesino. La mañana siguiente amarramos las mochilas a la balsa y nos lanzamos a navegar. Había que alternarse, dos sentados con las mochilas al centro de la balsa y los otros dos en las puntas guiando la embarcación con una vara larga. El río es fantástico, a veces muy calmado, a veces peligroso con rápidos en los que había que maniobrar para no chocar contra los farallones o no caer al agua. El Merca estaba muy excitado, decía que tenía alma de marinero, y antes de salir se dio un «pase» e hizo un cigarro del que fumamos los dos.

Lo que más me gustaba era el peligro, andar atentos para no caer en remolinos y navegar viendo cómo en la orilla iban quedando atrás las casitas de madera, todas con pisos de fango, niños descalzos en la tierra y tendederas con ropas remendadas. Cuatro decía que era la estampa de la miseria y eso le daba pena. A mí me resultaba interesante porque mientras en La Habana la gente cambiaba dólares ilegales, ellos aquí vivían en otra dimensión, como si el mundo fuera otra cosa o quizás más poca cosa, quizás un boniato hervido y un poco de ron y venga la fiesta. Hay gente que se conforma con tan pocas cosas.

—Se conforman porque no les queda más remedio.

Eso dijo la novia de Cuatro y no estuve de acuerdo. Me parecía demasiado cómodo. Yo viajaba en la parte de atrás de la balsa, guiando la vara, y si no quería continuar bastaba con lanzarme al río. No tenía que conformarme con la suerte de la corriente. «Demasiado egoísta», dijo Cuatro desde su posición, sentado junto con las mochilas. «Demasiado inoportuno», dijo el Merca que guiaba la balsa en la parte delantera anunciando que venía un rápido violento. Alzamos las varas y la corriente nos llevó justo a un pedrucón gigante. La novia de Cuatro gritó. Cuatro le gritó a ella. El Merca salió volando. Yo abrí los ojos y de repente el mundo patas arriba. El techo era la balsa y nosotros debajo. Me aferré a los palos porque la corriente era muy fuerte. Por fortuna las mochilas iban bien amarradas. Cuando saqué la cabeza, Cuatro ya estaba arriba y me ayudó a subir. El Merca se veía alzando un brazo, allá lejos, a donde el agua lo había arrastrado. La balsa estaba atrapada contra el pedrucón y la novia de Cuatro no se veía. Fue un momento de terror, hasta que su mano apareció en una esquina de la balsa y Cuatro se tiró para sacarla de abajo. Subió con los ojos abiertos y medio río en el estómago. Con varios movimientos logramos que la embarcación saliera del atolladero y nos dejamos arrastrar hasta llegar a la parte calma donde el Merca se nos unió. Lo que me molestaba de la novia de Cuatro era que no hacía más que llorar del susto, y el otro consolándola mientras la balsa seguía patas arriba y las mochilas abajo. En los momentos de dificultad es preciso tener calma. El terror sólo conduce a agravar las cosas. Cuatro se molestó llamándonos insensibles al Merca y a mí, que no hacíamos más que preocuparnos por las mochilas mientras la otra lloraba y volvía a contar que tragó mucha agua y no podía salir porque se golpeó la cabeza. Con mucha calma navegamos hasta la orilla. Ellos se bajaron. El Merca y yo empezamos a dar brincos encima de la balsa hasta lograr volverla a su posición original. Entonces nos unimos a los otros para escuchar nuevamente el cuento del golpe en la cabeza. Yo bromeaba para hacerlos reír un poco, pero ella era demasiado sensible. El Merca no hacía más que caminar nervioso por la orilla comentando que las mochilas estaban todas mojadas. Luego de un rato continuamos la travesía. Merca y yo en las puntas. Los otros aún molestos conmigo, abrazados para sentirse seguros. Cuando la noche empezó a caer decidimos encallar y hacer campamento. La novia de Cuatro apenas me dirigía la palabra. Recogimos las mochilas y mientras caminábamos él se me acercó:

—Coño, flaca, se te fue la mano, nosotros pasamos tremendo susto y a ti parecía no importarte, ella se golpeó muy fuerte la cabeza y quiere irse para La Habana.

Miré a mi amigo y contesté que prefería soportarla quejándose por la cabeza toda la noche a tener que soportarla quejándose por la cabeza y porque, además, hubiéramos perdido las mochilas. No contestó nada. Llegamos a un sitio rodeado de árboles y decidimos plantar bandera. Cada uno se sentó a revisar los desastres de las mochilas, pero por más que mirábamos, no había remedio, todo estaba mojado. De repente el Merca se levantó alzando la mochila que lanzó lejos gritando malas palabras y blasfemando. Los otros no sabían qué pasaba, pero yo sí. Cuatro preguntó y el otro furioso gritó que toda era una mierda, toda la merca mojada regada por todas partes y él sin merca sí que no podía continuar. A la novia de Cuatro le pareció bastante absurdo, su preocupación era el golpe en la cabeza y a él sólo le interesaba la droga de porquería. Decirle porquería a la cocaína era un insulto que difícilmente el Merca podía soportar, entonces continuó sus ofensas. Cuatro salió en defensa de la novia agregando que lo importante era encontrar ropa seca para poder dormir. Pero al otro aquello le importaba un carajo. De repente se armó tal discusión donde sólo se definía: merca, ropa seca y cabeza. Yo los observé un momento y luego salí a caminar porque definitivamente en mi mochila no encontraría nada seco. A mis espaldas sentí la voz del Merca mandándolos a todos a la pinga y luego Cuatro gritándole «drogadicto de mierda» mientras su novia lloraba.

Cuando empezó la lluvia nocturna regresé al campamento. Cuatro y la otra estaban acurrucados bajo una sábana mojada. Me senté junto a ellos, saqué el ron de la mochila y bebimos juntos. El Merca regresó un rato después todo mojado, le brindó su mano a Cuatro y pidió disculpas. Cuatro le ofreció la botella. Fue una noche de aguaceros torrenciales y mucho viento. En la mañana descubrimos que el río estaba crecido y la corriente se había llevado nuestra balsa. Sospecho que los otros no tenían muchas ganas de seguir, así es que aceptamos el destino y continuamos a pie. Pasamos el día tirados en el piso de una casa abandonada, cansados, con calor y mucha hambre porque los espaguetis de las mochilas hubo que botarlos. Comimos boniato y coco.

En la mañana siguiente el único camión que pasó iba a Baracoa. Nos montamos con la idea de poder comer allá y comenzar el viaje de regreso. Los otros tres estaban desesperados por volver. En la casa del chocolate alguien nos dijo que en la funeraria velaban a un muerto de Moa y posiblemente saldría alguna guagua en el cortejo fúnebre. Fuimos a la funeraria con la idea de llorar al muerto y montarnos en la guagua. Por fortuna no tuvimos que llorar. Estuvimos un rato y conseguimos asientos en la guagua. «Hasta después de muertos somos útiles», recordé a Martí.

A casa llegamos dos días después de varios camiones, calor y mucha hambre. El viaje había tenido sus contratiempos, pero me parecía interesante, sobre todo por el peligro. Correr riesgos es sin dudas seductor y un momento de crisis es revelador de demasiadas cosas. Esa noche dije al Merca que me iría directo a casa. Él apenas se inmutó, me dio un beso y se fue deprisa porque se moría de ganas de darse un «pase».

Los días que antecedieron la partida de Mamá estuve en casa ayudándola con todo. Nosotras seguíamos en el mismo cuarto porque después de la muerte de la abuela Papá pidió que quería conservar el cuarto de su madre tal como lo tenía. Era un altar y por tanto no quise fundar mi reino en territorio ajeno. El cuarto permanecía cerrado. El de la tía lo mismo, lo limpiábamos antes de ella venir de pase y el resto del tiempo estaba cerrado.

Mamá se fue a principios de agosto y tuve la certeza de que la casa grande quedaría toda para mí, porque Papá seguía organizando su vida en otro sitio. Yo entonces apenas quería salir. El Merca proponía hacer fiestas gigantes, pero me negaba. La casa grande era territorio prohibido, era mi espacio cuando estaba a oscuras y sus paredes despintadas cargaban tantas palabras ajenas a los otros que yo no podía permitir la intromisión de mundos diferentes.

En septiembre, Cuatro empezó el último año. El curso comenzaba con el concentrado militar. El concentrado era según él una pérdida de tiempo que consistía en ir todos los días a una unidad militar, vestido de miliciano, donde recibían clases de táctica y asignaturas militares. Era dos meses haciendo guardia y preparándose para la defensa del país. Para Cuatro era todo una locura porque se levantaba a las cinco de la mañana y pasaba casi todo el día allí, jugando a las cartas e inventándose verdaderas estrategias militares para fugarse a la playa los días de guardia. Ya para ese momento sus relaciones amorosas no andaban muy bien. Yo no le decía nada, pero lo cierto es que su novia no me gustaba mucho, así es que cualquier ruptura me parecía buena para mi amigo. A veces, de regreso, pasaba por casa y me hacía gracia verlo de uniforme, quejándose porque quería empezar a trabajar en la tesis y tenía que pasar todo el día jugando a la guerrita.

Para el Merca, Cuatro era un conservador comelibros y medio comemierda, así es que cuando coincidían en casa ninguno de los dos se sentía muy cómodo. Yo los quería a los dos, por cosas distintas los quería. Las personas se aceptan o no se aceptan pero jamás deben tratar de cambiarse. Un día Merca llegó a casa y me encontró conversando con Cuatro que acababa de terminar con la novia y estaba desorientado. El Merca llegó un poco borracho, puso una botella de ron encima de la mesa y empezó a hablar. Cuatro interrumpió su discurso diciendo que se iba, hablaríamos después, pero el otro dijo que por él no lo hiciera, con su mujer podía hablar todo lo que le diera la gana, mientras tanto él iba a ver televisión. Se tiró en el sofá quitándose los zapatos, puso el noticiero, sacó un papelito, la yerba, y empezó a hacer un cigarro. Cuatro me abrió los ojos y dijo que se iba. Lo acompañé a la puerta, cerré y me recosté a la pared observando al Merca.

—Chica, ¿este tipo está puesto pa' ti o qué pinga es que cada vez que llego aquí está cuchicheando como una vieja?

El Merca estaba borracho. Lo miré y dije muy calmada que ése era mi amigo y ésa era mi casa. Pero como él estaba muy borracho dijo que yo era su mujer. Eso no me gustó. Apagué el televisor, le quité el cigarro de la mano para apagarlo y colocarlo en su bolsillo, dije que se pusiera los zapatos y se fuera. Me miró asombrado agregando que si lo botaba de mi casa no le vería más el pelo. Tomé los zapatos y se los brindé. Volvió a mirarme muy extraño, agarró los zapatos y se fue tropezando con el sillón. Sin dudas estaba muy borracho. Esa noche me tomé la botella que él olvidó encima de la mesa y la pasé leyendo, con Frida a mi lado como de costumbre. Yo soportaba las borracheras de los otros. Soportaba cualquier cosa de los otros, así es que no estaba mal que alguien me soportara como era. Cada cual se conforma con lo que quiere, con las otras personas, la familia, el país. Si algo deja de funcionarte, cámbialo, y si no tienes ganas, entonces invéntate otra realidad, pero no te conformes; eso le dije a Frida antes de dormir.

Mamá regresó en noviembre. Como siempre trajo música y varias maletas con cosas que aquí estaban escaseando. Papá estuvo en casa las primeras noches y esta vez no se negó a aceptar los regalos y el dinero que su ex mujer trajo en mi nombre para comprarle gomas nuevas al carro. Después de todas las historias del viaje, una noche mi madre dijo que debíamos hablar.

—Escuchá, nena: vos y yo debemos conversar algo muy serio.

Mamá, con su recuperado acento argentino, empezó a hablar y dijo que la situación del país era muy mala y todo parecía indicar que el siguiente año sería peor.

Había recuperado las relaciones con su familia, sus padres estaban viejos y su hermana era una loca que se enamoraba de cualquiera y no quería trabajar. Ella había pasado su vida dedicada a esta familia, y el único aliento en tantos años había sido mi presencia. Pero el tiempo había pasado, la abuela muerta y la tía en el hospital. Ya lo único que le importaba éramos ella y yo, y no estaba dispuesta a pasar trabajo en esta ciudad que se desmoronaba lentamente. Su viaje había sido muy importante y estaba decidida a regresar a su país. Allí podía comenzar una nueva vida, trabajar y encargarse de que los negocios del padre no se fueran a la mierda con las locuras de su hermanita. Mamá quería que emigrásemos juntas, ella y yo, una nueva vida, una nueva historia. Tengo que confesar que la primera reacción que tuve fue irme al baño porque el mate que bebíamos me dio ganas de orinar. Luego seguimos conversando. Sus planes no eran inmediatos, pero sí decisivos. Para mí Argentina era un país interesante de donde venían muchos escritores y mucha música que me gustaban. Conocer a la familia era también interesante. Sólo que una noche es demasiado poco para una decisión tan importante y yo tenía veintitrés años; a esas alturas del tiempo nadie podía decidir por mí. Eso dije a Mamá y decidimos dejar correr un poco el tiempo. El tiempo a veces aclara las entendederas, claro que a veces también las cierra. Decidimos pensarlo un poco y el tiempo empezó a correr.

Cuando yo te vuelva a ver

Afuera había mucho calor, no había transporte, la gente se quejaba, las calles estaban llenas de los perros que la gente echaba de casa por falta de comida, los cines cambiaron para horarios restringidos; en fin, que el panorama que me brindaba la ciudad no era nada atrayente y, como ya había terminado la escuela de idiomas, no existía ninguna cosa que me obligara a salir de casa. Opté por recluirme. Como los animales que pasan el invierno ocultos, pensé que si afuera existía el «período especial», yo me quedaría adentro. Así estuve los primeros meses del año.

Mamá salía y hacía algunas compras en los hoteles, siempre tratando de ahorrar al máximo el dinero que quedaba. Papá finalmente no compró las gomas del carro, dijo que ese dinero era mejor emplearlo en un televisor porque el de casa ya estaba dando los últimos suspiros. A Mamá le pareció bien y compró un televisor. Yo permanecía en casa estudiando. Me gustaba meterme en el cuarto de la tía a pesar del polvo, pero allí podía encontrar siempre cosas interesantes, mientras Mamá escribía en el comedor sus artículos para la revista u organizaba los trámites para su futura emigración.

221

Cuatro venía a visitarme todos los viernes. Ya estaba en la tesis y pasaba casi las veinticuatro horas trabajando. El viernes lo tomaba de descanso y entonces nos veíamos. Con el Merca hablaba alguna que otra vez por teléfono. Después de aquel día en que salió dando tumbos de casa me había llamado para disculparse. Acepté las disculpas pero propuse que tomáramos vacaciones, llevábamos bastante tiempo juntos y yo necesitaba un respiro para estar en casa. Él no entendió mucho pero terminó aceptando. En realidad me sentía un poco cansada de aquella vida. Era cada noche lo mismo, beber y hacer la fiesta, hablar mal del país y de lo cara que estaba la merca y terminar borrachos haciendo el amor. El Merca decía que la cosa estaba muy mala y por eso era mejor pasarse el día sonao, así todo te daba lo mismo, sólo que para mí ya no era interesante su propuesta, por eso decidí cambiarla.

Por ese tiempo el Poeta estaba en Guadalupe. Desde París me había escrito enviando las fotos de Paul Éluard y Juana de Arco, además de fotos suyas con el tatuaje nuevo que tenía en el brazo. Decía que París estaba llena de gente que se sentía sola. París no era el París de las novelas sino una ciudad donde él bebía hasta emborracharse y casi lanzarse al Sena porque la nostalgia iba comiendo los pedazos de su alma. Yo me reía pensando de qué nostalgia moríamos en Cuba. Sin vinos rojos ni esencias extraordinarias, el alcohol es el refugio ante cualquier cosa. El día que envió las fotos fui corriendo a casa de Dios. Él colgó a Paul en su pared y conversamos toda la noche. Dios se había puesto demasiado flaco o demasiado viejo, no sé. La casa más sucia que de costumbre.

Sólo tenía luz en el cuartico de tertulias y una pequeña lamparita en su cuarto. La grabadora funcionaba a ratos y el refrigerador estaba completamente vacío. Yo llevé un poco de comida porque sospechaba que con el «período especial» su alimentación decaería totalmente. Además, Mamá compró para él un paquete de café, porque Dios hervía la borra vieja y bebía de aquello como un regalo de los dioses. Nunca supe exactamente de dónde sacaba el poco de dinero que invertía en los alcoholes preparados que bebía todo el día y en los tabacos que picaba minuciosamente para hacerse cigarros. Después de ese día estuve mucho tiempo sin visitarlo. Él llamaba a veces de madrugada y conversábamos mucho, pero yo no quería salir de casa. No quería simplemente porque la ciudad estaba oscura y sucia, porque las paredes se iban descascarando lentamente y la gente sudaba en las bicicletas chinas. Ya no había conciertos, ni lugares adonde ir. Casi todo estaba cerrado y los muros llenos de carteles de «resistir, luchar, vencer». Yo resistía, luchaba y vencía dentro de la casa grande, a pesar de que allí también las paredes estaban despintadas y las cucarachas subían por las tuberías del edificio.

Luego de muchas conversaciones con Mamá y la familia argentina, habíamos decidido que ella partiría primero. Yo no quería irme simplemente y no sabía por qué, así es que pedí a mi madre un tiempo. Lo que no quería era hacerla perder su tiempo. Ella debía comenzar, sin esperar por mí. Mamá en principio puso el grito en el cielo, dijo que no saldría de este país dejándome en medio de un apagón, sola en esa casa, con la tía en el psiquiátrico y Papá organizando su vida, como le llamaba él. Mamá echó el agua caliente para su mate y dijo que debía obedecerla, las dos nos iríamos porque en este país el futuro estaba demasiado incierto y quedarse era condenarse a la nada. Ya por aquel entonces lo que en los sesenta ilusionó a la argentina rebelde, comenzaba a molestarla bastante. A Papá la idea de mi partida no le hacía mucha gracia, pero se negaba a tomar partido. Sólo abría la boca para discutir con Mamá cuando comenzaba a decir que todo había sido una mentira, que los habían ilusionado con un mundo nuevo y el mundo nuevo era una farsa y además oscura.

—Vos perdiste los grados, ¿para qué?; regalamos nuestra juventud, ¿para qué?; en este país hay demasiados pelotudos con poder, y no pienso regalarles un año más de mi vida.

Ahí Papá se levantaba molesto y empezaba la discusión. Era gracioso porque Papá se había puesto muy flaco y Mamá tenía el pelo lindísimo gracias a los productos comprados en la tierra del Che. Yo no decía nada, bebía un poco de mate y como siempre no decía nada, empezaba a cantar cualquier cosa bien bajito para no molestar.

Luego de varias semanas Mamá entendió mis argumentos y Papá sonrió sintiéndose orgulloso, lo sé. Pero yo no lo hacía por él ni por nadie. No quería irme simplemente. Quería conocer Argentina, quizás más adelante, pero la idea de partir definitivamente a insertarme en un orden familiar que no conocía y por tanto no controlaba no me llamaba la atención. Para Mamá todo resultaba fácil, pero mi abuelo no me conocía; ella era su hija pero yo ¿quién era? Una boca más a alimentar, la familia recogida de los barrios pobres, la eterna agradecida. Eso no me gustaba, aunque no se lo dijera totalmente a mi madre. Ella acabó aceptando que era más inteligente llegar allá cuando su vida estuviera organizada. Así lo acordamos.

Un día el Merca fue a casa, por fortuna no estaba borracho. Nos sentamos a conversar y contó de su vida, nada nuevo, fiestas y relaciones eventuales; me extrañaba, conmigo era un desastre, pero solo era peor. Yo preparé un mate y le enseñé las fotos del Poeta en Guadalupe. Un rato después comentó que había acompañado a Dios al médico, él no se sentía bien, estaba muy solo. Pregunté y dijo que no era nada grave, boberías de viejo, pero yo debía visitarlo porque era una de las personas más importantes de su vida. El Merca siempre había sido un buen amigo. Cuando lo conocí me pareció que era uno de tantos que iba a emborracharse al cuartico de tertulias, pero en el fondo se querían mucho. Esa noche llamé a Dios y lo sentí muy animado. Había recibido carta de un amigo de los que se fueron por el Mariel, y con la carta venía una botella de whisky y algo de música de los setenta. Dios estaba muy contento y con el paladar asustado, según dijo.

Mamá fijó fecha de partida para julio. Con los días las dos nos íbamos poniendo muy nerviosas. Antes de dormir siempre me abrazaba y yo pedía las canciones de mi infancia. Cantaba *Fusil contra fusil* o *La era*… pero no me dormía, en realidad siempre me quedaba pensando.

Dios empezó a aumentar la frecuencia de sus llamadas nocturnas. A veces Mamá contestaba al teléfono y él permanecía callado. Las dos sabíamos quién era; entonces me pasaba el teléfono. Yo iba a visitarlo algunas tardes cuando notaba que su voz estaba extraña o reclamaba compañía. Me hacía sentir la música de los setenta y hablábamos como siempre. Él sabía que yo estaba triste por la partida de Mamá, pero no decía nada. Un día se levantó y buscó algo entre papeles viejos. Era una foto de mi madre, rota y pegada con scotch por detrás. Mi madre, como con quince años de menos, sentada en el cuartico de tertulias con un vaso de ron en una mano y un camisón que yo recordaba de cuando niña, descalza, sin pantalones. La foto me hizo gracia.

—Tu madre es una gran mujer.

Eso yo lo sabía y sonreí devolviéndole la foto. Dios pidió que se la regalara como recuerdo pero me negué. Si quería darle la foto debía hacerlo él mismo. Ésa no era mi historia, Mamá nunca contó nada y yo no tenía derecho. No hay razón para violar los silencios ajenos. Dios asintió y volvió a guardar la foto. Entonces recorrí con mi vista una de las paredes del cuartico, toda llena de fotos de mujeres, incluso una mía y pregunté por qué nunca había puesto la foto de mi madre en la pared. Sonrió diciendo que estuvo allí hasta el día en que ella tocó a su puerta y encontró del lado de allá un hombre borracho con una mujer desnuda durmiendo en su cama. Imaginé a Mamá arrancando la foto para romperla en su cara y me alegré penosamente. Dios nunca hubiera sido un buen padrastro, su karma era ser mi amigo.

Después de ese día no hablamos más de mi madre. Quedaba sólo un mes para su partida y no quise salir de casa. Una noche Dios llamó muy borracho para acusarme porque no había vuelto a visitarlo, me molesté y él colgó el teléfono. Mamá también se molestó porque las tres de la mañana no era hora para telefonear a nadie, pero Dios era mi amigo, así es que al día siguiente lo llamé y él se sintió mejor.

Cuatro discutió la tesis en los primeros días de julio. Mamá y yo fuimos a la CUJAE a verlo; no entendimos nada del trabajo, pero él se veía muy bien explicando aquellos circuitos horribles. Sus padres estuvieron orgullosos con la máxima calificación del hijo y él reía contento mostrando el cuño de ingeniero en el carnet de identidad. Regresamos todos en guagua y nos fuimos a su casa a brindar con vino de remolacha hecho por la madre. Por un momento tuve la intención de proponer a Mamá una visita a Dios, pero preferí callar. Ella sabía que su casa estaba en el edificio de enfrente y si no dijo nada era porque quizás no quisiera despedirse.

Mamá partió el 20 de julio. Esa semana fuimos al hospital a la despedida de la tía. Ella no quiso decir que se iba para siempre, pero la tía lo sabía, yo lo sé.

El día antes del aeropuerto estuvo mucho rato conversando con Papá en el cuartico del fondo. La noche la pasamos sin dormir. Ella estaba nerviosa y yo trataba de hablar todo el tiempo, cualquier cosa aunque fuera incoherente. Lo único que pedí era que no quería lágrimas en el aeropuerto. Mamá lloraba y lloraba pidiéndome que no esperara mucho tiempo para decidirme a partir. Me dejó sus discos de tangos. Yo le regalé unos poemas que había escrito hacía mucho tiempo. En el aeropuerto, por supuesto, se echó a llorar.

—La vida es como un tango, Mamá, pero no todos los tangos son tan tristes; se te va a correr el maquillaje.

Se tuvo que reír y secar las lágrimas. A Papá lo abrazó muy fuerte y dijo que si no me cuidaba le rompía las pelotas. Luego volvió a abrazarme y se fue sin mirar atrás. La vi alejarse y dar la vuelta para tirarme un beso, susurré «Buena suerte» y nos fuimos.

En casa estaba incómoda. Papá se sentó a ver televisión mientras yo daba vueltas hasta que decidí llamar a Dios. Me sentía mal. Del lado de allá de la línea sentí la voz del Merca, dijo «Un momento», habló con alguien con la lengua bastante enredada y regresó a la línea para decir «Oigo». Los imaginé emborrachándose y entonces colgué. Me tiré en el cuarto de la tía a leer, pero no me concentraba. Papá tocó en la puerta anunciando que Cuatro estaba al teléfono.

—Flaca, ¿ya se fue?, ¿cómo estás?

Se me hizo un nudo en la garganta y dije «Mal». Mi amigo respondió que venía a casa y colgué. Me puse a ver televisión y volvió a sonar el teléfono. Pedí a Papá que contestara y si no era Cuatro dijera que yo no estaba. Era el Merca, preguntando si todavía estaba en el aeropuerto, que por favor cuando regresara llamara a casa de Dios. Ellos querían saber cómo me sentía. Cuatro llegó a casa un rato después. Hice un mate del que dejó Mamá y nos fuimos al cuarto a conversar. Entonces me sentí mejor.

Aunque cese el aguacero

Después que se fue Mamá, Papá y yo tuvimos una interesante conversación donde habló de su nueva vida. Su mujer vivía en Santo Suárez. Era una doctora mucho más joven que él, con un hijo chiquito, y según Papá era la mujer de su vida. Eso me parecía bien. La felicidad ajena es una cosa que siempre admiré, así es que si mis padres habían encontrado su camino, me resultaba maravilloso. Pedí que la trajera un día a casa y sonrió feliz.

Ese agosto tomó vacaciones para ir a Pinar del Río. Allá vivía la familia de su mujer. Papá se fue con la idea de vender cosas y hacer algo de dinero mientras descansaba un poco de la bicicleta y conocía al resto de los parientes.

Me quedé sola en la casa grande. Cuando Mamá llamó dije que pasaría agosto fuera de casa, así es que mejor no telefoneara hasta septiembre. El mundo de afuera continuaba deteriorándose y entonces determiné que me quedaría adentro. Pasaría el «período especial» encerrada entre paredes viejas. Como un náufrago que no se entera de la civilización ni los cambios de Gobierno. Una ermitaña, eso quise ser. Cuatro había tenido algo de razón con aquello de que, cuando no hay nada interesante que hacer, lo mejor es prepararse para cuando pase algo. Yo no perdía mi tiempo, me interesaba por todo y a la vez por nada. Para mí era importante poner atención en las cosas que de veras aportaban algo y no perderse en lo superfluo, no desgastarse en una nada que te puede aplastar y hasta te aplasta.

Fue fácil esconderme. Decidí no contestar al teléfono, ni a la puerta. No hacer ruido, aunque en esos momentos el ruido era una cosa extraña; pasábamos largas horas diarias sin electricidad y por tanto no era posible escuchar música. En la cocina acumulé arroz; eso comía, y bebía mate.

Entonces me dediqué a estudiar. Pasaba las noches con Frida, en medio de los libros y escribiendo cuentos raros que seguramente no mostraría a nadie. También me dediqué a estudiar a las personas. Resultaba interesante. Me paraba cerca de las ventanas para escuchar la respiración del edificio. Es increíble, uno se acostumbra tanto a vivir en un lugar que los ruidos se van volviendo familiares hasta que llega el momento en que no los sientes. Mi edificio tenía un respiradero adonde daban todas las ventanas, por allí subían los olores, las músicas distintas, las voces de los vecinos, cosas en las que nunca reparé. En esos momentos la sinfonía era un barullo de acordes disonantes. Cuando se va la luz no hay ruidos externos, todo es naturaleza. Yo llegaba a la ciudad a través de sus voces. Sentía las quejas y blasfemias. Algún niño llorando sin poder dormir por el calor y los mosquitos. Alguien anunciando que le habían robado la bicicleta. Riñas matrimoniales por un pan y ese asqueante olor al chícharo colectivo en las ollas de presión. Imaginaba sus caras y sus sueños. Pero yo estaba a salvo. Todo llegaba a través de la ventana, todo del lado de allá. Adentro era una fortaleza de puertas cerradas, los reinos de los otros: el cuarto de la abuela, el cuarto de mi madre, el cuarto de la tía, el cuarto de Papá. Yo pertenecía a todo y no pertenecía a nada. Estaba en el éter y las quejas de los otros no provocaban en mí más que asombro, más que la sorpresa de ver el deterioro lentamente, la mutación de principios. Todos como pequeños receptores de la suerte ajena, como una onda en sentido inverso que parte de algún sitio y va acercándose, disminuyendo el radio hasta que se vuelve un punto y nos asfixia.

Pasé todo agosto así. El teléfono sonaba y a veces tocaban a la puerta, pero no contestaba. No quería mezclarme, ni que vinieran noticias de afuera a enredarse conmigo. El «período especial» era un hecho del lado de allá de mis paredes. Del lado de acá era otra cosa, un reino sin leyes ni causas ni consecuencias, un espacio vacío.

Papá llegó a casa en los primeros días de septiembre. Abrió la puerta y me encontró tirada en el sofá. Preguntó si me había ido a alguna parte, porque hacía una semana estaba de regreso de Pinar del Río y, por más que llamaba, nadie contestaba al teléfono. Dije que estaba en otra dimensión y me levanté para andar al cuarto. Papá preguntó si me sentía mal, las ojeras se marcaban mucho en mi blanca piel y andaba desgreñada y muy flaca. Dije que estaba perfectamente, mejor que nunca. Entonces se sentó a contarme cómo cambió los viejos uniformes por cosas de comer y el dinero que ganó arreglando aparatos eléctricos. Yo me alegraba de verlo pero a la vez estaba molesta, porque su regreso significaba el fin de mi

231

perfecto imperio; cada palabra iba mellando mi virginal locura de estar lejos. Luego de todas las historias preguntó qué me parecía lo del dólar.

—¿El dólar?, es la moneda americana mientras no se demuestre lo contrario, ¿no?

Entonces me miró sorprendido preguntando si no sabía que el dólar lo habían liberado, o mejor, que habían hecho legal la tenencia de dólares, porque el dólar hacía rato circulaba libremente por las calles. La noticia me resultó interesante, sobre todo porque Mamá, previendo cualquier contratiempo, había dejado algo de dinero. Papá comentó que debía interesarme más por los cambios del país y se levantó a abrir las ventanas. Cerré los ojos por la claridad y corrí a encerrarme en el cuarto de mi madre.

Al otro día por la mañana se fue a trabajar. Tocó a mi puerta y dijo que alguien vendría a casa a traerle unos cigarros. Él llamaría por teléfono más tarde, así es que me dejara de tanta dormidera y contestara al jodido aparato. Así dijo y se fue. Yo dormí hasta mediodía. Compartí con Frida los frijoles que había hecho mi padre, cerré las ventanas que él había abierto en la mañana y volví al cuarto a leer. Casi a las tres sonó el jodido teléfono.

—Gata, soy yo, ¿dónde tú estabas?

Me arrepentí de contestar porque no tenía ganas de hablar ni con el Merca ni con nadie. Dije que estaba en otra dimensión y nada más.

—Te he llamado mucho, gata, y fui a tu casa estos dos últimos días, pero no había nadie.

Su voz sonaba demasiado seria, pero no tenía ganas de explicar nada. Tampoco quería oír sus lamentos porque la merca estaba difícil o cualquier cosa parecida.

—Tengo que decirte algo muy serio, gatica mía, muy triste... Hace dos días...

Cuando el Merca dijo «se nos murió», cuando habló con la voz rajada diciendo que Dios estaba muerto, que él me había llamado y me había buscado porque Dios había muerto de un infarto hacía dos días. Cuando siguió pronunciando incoherencias mientras se sonaba la nariz, yo sentí que de repente el mundo me aplastaba por la espalda, me fui encorvando y rodando por la pared hasta sentarme en el piso y ya no quise escuchar más.

—Chao, Merca, ya no quiero seguir hablando contigo.

Colgué y el mundo me seguía aplastando. Me hacía un cucurucho de mierda tirado en un rincón. Empecé a temblar y apreté las mandíbulas muy fuerte. Un golpe contra la pared, y dos, despacio. Cuando te golpeas la cabeza, el dolor hace que desaparezca el ruido. Frida se acercó y grité que se fuera, que se largara lejos, a mil leguas de mí, pero que lo hiciera pronto. Se sentó a observarme y vio cómo me levanté dando vueltas. Me dolía la cabeza. Caminé desorientada. Fui al cuarto y me paré frente al espejo. Del lado de allá vi unos ojos azules mirándome con odio. El espejo reflejaba un cartel a mis espaldas. Sonreí. A mis espaldas el cartel de letras grandes anunciaba las palabras de Paul que Dios me había regalado hacía tiempo:

Tus ojos los que nos revelan nuestra infinita soledad ya no son los que creían ser.

233

Odié mi mirada en el espejo y sentí rabia. Me golpeé la cabeza contra el cristal. No conseguí calmarme. Me golpeé más fuerte y entonces sentí que algo tibio comenzaba a brotarme. Empecé a dar vueltas pateando los zapatos que estaban en el piso. Frida me había seguido y observaba agachada en un rincón. Pregunté qué tanto contemplaba pero no quiso contestar. Odié su mirada azul. Le dije que Dios estaba muerto y no entendió. Me acerqué y grité que a ella también se la comerían los gusanos, como a la abuela, como a Dios, como a todo el mundo. Entonces se asustó y corrió a esconderse debajo de la cama. Yo sentí mucha rabia, eso, pero no podía llorar. Me pasé la mano por la cara para quitarme la sangre y comencé a vestirme sintiendo que algo se iba transformando en mi interior. Agarré la walkman y coloqué un casete de Pink Floyd, subí el volumen a diez y salí a la calle. Había un sol horrible y mucha gente en bicicleta. Caminé pero me sentía torpe. Rodeada de rostros ajenos que andaban apurados caminando hacia algún sitio, ¿adónde van todos?, ¿qué esperan encontrar? Apresuré el paso y los otros me resultaron ridículos, la gente esperando en las paradas, los vendedores de maní. Sentí que todo se movía lentamente y empecé a correr. Crucé la calle y seguí corriendo, muy fuerte. El sudor rodaba por mi cuerpo pero yo debía correr; hay que llegar a alguna parte, como todos, hay que llegar, por eso seguí corriendo. Cuando ya estaba exhausta, detuve mis pasos frente al pasillo donde vivía el Merca y apagué la música. Un tipo me miró y preguntó de dónde sacaba yo la comida para hacer ejercicios. No respondí y le di la espalda. El Merca abrió la puerta, observó unos minutos mi cuerpo sudado y los restos de sangre en mi cabeza. Se echó a un lado para permitirme el paso. Me senté en el piso sin decir nada. Él me extendió un vaso de agua y sirvió otro con el alcohol preparado que estaba bebiendo. Se sentó frente a mí y empezó a construir dos líneas del polvo blanco encima de un espejito. Su rostro se veía demacrado.

—¿Te acuerdas cuando lo acompañé al hospital?… Él tenía un problema en el corazón, pero acordamos guardar el secreto, no quisimos preocuparte.

Nadie quería preocuparme nunca, eso era gracioso. Todos preferían ocultarme las cosas para no preocuparme. Aspiró su línea y me brindó el espejito. Yo aspiré lentamente mientras escuchaba que cuando llegó a su casa y nadie le abrió, se sintió intranquilo. Decidió romper la puerta y lo encontró, sentado frente a la mesita del cuartico de tertulias, con un cigarro hecho cenizas en el cenicero y un vaso a medio tomar. Él se encargó de todo hasta que llegaron unos sobrinos, le dieron las gracias y se ocuparon del resto. El Merca bebió un trago y se acercó para abrazarme.

—Yo lo quería mucho, gata, él era mi amigo, cojones; en este país de mierda todo son desgracias.

¿Qué tenía que ver el país con la muerte de Dios?; nada, me imagino, pero el Merca se sentía triste. Me abrazó diciendo que me necesitaba mucho, me extrañaba, no quería quedarse solo como Dios, no quería pasarse la vida dando vueltas para al final morirse solo. Abracé su cabeza contra mi pecho y le acaricié el pelo. Me sentía ausente, en otra dimensión no deseada y no podía cerrar los ojos porque todo eran rostros de Dios y sus palabras. Aparté el vaso de mi lado. No quería beber.

—Todo lo que dije el primer día era mentira, Merca, no existió el egiptólogo inglés, ni el exiliado chileno, ni el intelectual suicida, todo lo inventé; lo único que existió fue un Dios al que no amaba, pero ahora está muerto, qué gracioso, ¿no?

Me tomó de la mano y fuimos a la cama. Pasamos la noche allí pero no hicimos el amor, no hicimos nada, no hablamos más, no dormimos. Permanecimos tendidos en silencio hasta que empezaron las primeras luces de la mañana.

¿Qué se hace cuando muere un gran amigo? Nada. Uno no puede hacer nada. Algo se detiene adentro. Una oquedad te va calando en busca del fondo que no existe. Lo que queda es la inquietud por la no conciencia del último momento. Este no saber dónde poner las palabras. ¿A quién le digo tus palabras? A nadie. Habrá que inventarse nuevas ceremonias, nuevos rostros, porque lo eterno no existe. Un buen consuelo. Cuando se muere un gran amigo uno siente unas ganas de cagarse en Dios y en el amigo muerto que nos dejó solos, lo demás es pura literatura de mierda. Una foto en la pared. Un amuleto al cuello. Un epitafio de Paul:

Ya ni una queja ya ni una risa, se abatió el último canto...

Cuatro empezó a trabajar ese septiembre. El ingeniero cinco estrellas fue ubicado en el CENIC, un centro del polo científico. Buena comida, buenas condiciones de trabajo, sólo que Cuatro permanecía allí desde muy temprano hasta altas horas de la noche, pero le gustaba. Se sentía emocionado porque el trabajo era muy

interesante y hasta había una guagua pa[...]
sa. Ya en ese tiempo el Poeta, luego de [...]
Rico, había llegado a Miami. Vivía con l[...]
ba de encontrar un buen trabajo para lue[...]
carrera.

Cuatro llamó por teléfono cuando supo la muerte de su vecino. Preguntó cómo me sentía y dónde había estado en todo agosto. Dije que en otra dimensión y nada más. Él sabía que Dios era muy importante para mí, por eso no se atrevió a seguir preguntando. Siempre supo respetar mis silencios. Cuando dije que había vuelto con el Merca no se asombró demasiado. Me deseó buena suerte y sana intoxicación. Sonreí.

Mamá telefoneaba todas las semanas contando de su nueva vida y preguntando constantemente cuándo me iría a Buenos Aires. Seguía trabajando para la revista y tenía muchos planes. Me hacía feliz hablar con ella, y si no dije nada de Dios fue porque no sé, ¿para qué? Compartir el dolor no lo hace más pequeño. El dolor es un agujerito húmedo que no se seca nunca. ¿Qué se hace cuando muere un gran amigo? Nada. Eso es lo peor, que aunque salga el sol y cese el aguacero, el agujero no se seca nunca.

Un carnaval sin máscaras

—Yo no sé adónde vamos a parar, coño; lo menos que imaginé en mi vida era que algún día tuviera que aceptarle a mi propia hija los dólares que le manda su madre, mi ex mujer, coño.

Papá guardó los veinte dólares en el bolsillo y encendió un cigarro.

—Y si los acepto es porque me pediste de favor que lo hiciera, coño, porque de verdad es que ya ni sé qué hacer; mi mujer está en el hospital todo el día y luego se pone a hacer panetelas para vender en el barrio, y yo me he tenido que meter en esto del tiro de cerveza con su hermano, porque si no ¿qué voy a hacer, mija?, a ver, dime tú.

Papá seguía hablando detrás del humo del cigarro y yo hacía como que escuchaba. En realidad me daba pena verlo en la penumbra del farol diciendo que estaba decepcionado, que su vida había sido una nada en pos de la nada. Eso me sonaba tan gris como las paredes de la casa grande, pero Papá seguía hablando y lamentándose de muchas cosas. Yo me preguntaba si acaso la queja conduce a alguna parte. Lo único inevitable es la muerte, lo demás es circunstancia. Pero así andaban todos.

Papá seguía hablando y yo fumaba. En verdad me importaba más el libro sobre cultura francesa que estaba estudiando. Era el último regalo de Dios. La ventaja de los libros es que las cosas pasan más rápido y por eso resultan interesantes. Pero no había luz, así es que mi padre seguía hablando y murmurando bajito hasta que se quedó dormido en el sillón.

El 8 de diciembre fue el concierto en memoria de Lennon. El parque estaba lleno de gente. Yo me reuní con el Merca, que había pasado todo el día en la organización del concierto. Bebí un poco detrás del escenario, rellené una caneca y me fui a dar una vuelta. Después de la muerte de Dios, nos propusimos no hablar más de él, pero sentía su falta. Sentía que me faltaban las palabras que no podía decir a nadie, porque al Merca lo quería, pero era algo distinto. Por esos días no hacía más que pedir que me fuera a vivir a su cuartico. Le parecía absurdo esto de continuar en casa donde sólo estaba Papá de vez en cuando, pero justo ahí estaba el encanto. Irme a donde el Merca sería cambiar de reino, y eso no me gustaba. Andar juntos significaba indiscutiblemente la presencia de dos, uno más uno igual a dos, cada uno. Y cada uno debía continuar en su lugar. Saber determinar fronteras era algo que siempre me había gustado. Dónde termino yo y dónde comienzan ustedes, una cosa así que al Merca le parecía tonta y a mí me parecía prudente.

Cuatro se apareció cuando ya casi comenzaba el concierto. Me sorprendió que viniera pero dijo que necesitaba despejar, tanto trabajo todo el día lo alejaba bastante de la ciudad. Nos sentamos en un muro desde donde se veía al Merca riendo con otros detrás del escenario y empinándose una botella de 7 *años*. Brindé a Cuatro de mi caneca y aceptó. Me gustaba estar con él, que se sentía un poco lejos del ambiente; en realidad siempre estuvo más cerca de los números que de cualquier otra cosa, pero era mi más viejo amigo. Entonces empezó a recordar cosas y a reírse. La gente siempre tiene la costumbre de hablar del pasado cuando en el presente no ocurre nada interesante. Yo reía recordando. Entonces empezó a hablar de cosas que podían suceder y a soñar. La gente siempre tiene la costumbre de hablar del futuro cuando en el presente no ocurre nada interesante. Eso me parecía sintomático. Yo lo observaba riendo.

—Coño, flaca, ¿por qué no acabas de decidirte y te vas a Buenos Aires? —miró al Merca que seguía bebiendo del lado de allá del escenario—. ¿Lo haces por él? No seas comemierda, flaca, ése en cuanto le den un chance se larga sin pensarlo dos veces.

Para Cuatro no había razón de mantenerme aquí. En la ciudad de mi madre podría empezar una nueva vida, estudiar algo y darle sentido a mis veinticuatro años. Pero yo no quería irme y en realidad no sabía por qué. Lo que sabía perfectamente era que no lo hacía por el Merca ni por nadie. Esto Cuatro no lo compartía, pero para mí, nadie hace nada por nadie. Todo se hace por uno mismo. No sé por qué ese empeño de sacrificio. Cada cual escoge lo que debe hacer según su temperamento. Si tienes alma de guerrero, vas a la guerra por la causa que mejor te parezca. El nacimiento de un bebé lo desean los padres. Si tienes alma de puta, vendes el cuerpo. Si te gusta beber, te conviertes en alcohólico. Y si no existen las condiciones entonces te las inventas o las ajustas. Creas todo un discurso de justificaciones lógicas donde los demás queden implicados. Si no hay guerra, te vas a la montaña a convertirte en el héroe de la expedición. Si no hay comida para el niño, sacrificas la tuya. Si no hay prostíbulos, te vas al malecón en nombre de cualquier cosa. Si eres alcohólico, la culpa es de los traumas familiares. De cualquier forma vas a hacer lo que tu naturaleza te pide, pero es difícil cargar solo la responsabilidad de nuestra propia vida. Eso a veces asusta demasiado. Si yo no quería irme era porque sencillamente no me daba la gana, sólo que Cuatro no podía entenderlo. Decía que era muy egoísta, antisocial y absoluta, pero yo pensaba así.

La primera llamada telefónica de enero fue la de Mamá. Estaba toda contenta y terminó toda llorosa porque me extrañaba mucho. Yo también la extrañaba pero traté de animarla contándole que había pasado un buen fin de año con la tía en casa y con Frida. La tía había estado de lo mejor, bebiendo del vino argentino que Mamá envió y cantando óperas con la boca llena. En realidad el fin de año no fue exactamente así. Me había emborrachado con el Merca el día 30 y salí de su casa mientras él dormía con tremendo vuele. Yo quería pasar el 31 con la tía, así es que dejé una nota y me largué. Papá se fue a donde su mujer cerca de las ocho de la noche. Frida, la tía y yo comimos y bebimos, sólo que antes de las doce la tía empezó a llorar preguntando por su padre. ¿Yo qué iba a decirle? Puse música y traté de hablar de otra cosa. Entonces se molestó, dijo que la trataba como a una loca y no quería hablar más conmigo. Me echó de su cuarto agregando que no la molestara hasta que no llegara su papá. Acepté y salí del cuarto. Las doce me dieron tirada en la sala medio borracha y con Frida durmiendo cerca de mí. Le deseé feliz año nuevo a todo el mundo y seguí bebiendo. La tía hacía rato se había quedado dormida.

Del Poeta recibimos noticias en febrero contando de su nuevo trabajo en una cafetería donde había encontrado viejos conocidos del pre. Sus estudios tendría que postergarlos hasta alcanzar una estabilidad, pero salvo la nostalgia por nosotros y por su ciudad, todo marchaba bien.

Para Cuatro los primeros meses fueron buenos. Lo habían insertado en un proyecto de diseño de no sé qué aparatos. Trabajaba en conjunto con españoles y esto le parecía magnífico, porque a veces le hacían regalitos. La familia de Cuatro no tenía dólares y como su precio había subido tanto, mi amigo se sentía muy frustrado. Sólo el trabajo lo salvaba y entonces no hacía más que trabajar y se sentía orgulloso porque lo respetaban como un magnífico ingeniero.

Papá luego de un tiempo decidió, conjuntamente con el nuevo cuñado de Pinar del Río, abandonar el tiro clandestino de cerveza para dedicarse a hacer el taxi, también clandestino en esos momentos, pero menos riesgoso, según él.

Por ese tiempo el Merca se había hecho muy amigo de unos jóvenes escritores, y entonces nos reuníamos en su cuartico. La cosa marchaba bien. Ellos leían, fumaban mariguana y hablaban mal del Gobierno, cosas normales, sólo que a mí no me parecía extraordinario. No sé por qué siempre tuve la impresión de no pertenecer a ninguna parte. Me parecía que en Cuba la literatura la escribían los políticos, el resto eran redactores, colocaban signos de puntuación, le daban un título y *voilà, la littérature*. No sé si sería la carencia de un periodismo verdadero, pero se me antojaba que los escritores hacían periodismo. Nadie contaba historias. Todos decían lo que yo podía ver con sólo asomar las narices fuera de mis paredes. Hablaban de gente fugándose en balsa de la isla, jineteras en las noches de La Habana, el dólar que subía y subía, la esperanza que bajaba y bajaba. Resultaba aburrido. Claro que esto no se lo decía a ninguno porque no era capaz de escribir lo que quisiera escuchar. Yo simplemente la pasaba bien, gracias a la mariguana y a que todos resultaban bastante divertidos.

Entonces vino agosto y la ciudad patas arriba. Protestas populares. Robos de lanchas y al final «el festival de la balsa». Decidieron abrir las puertas y todo el que quisiera podría lanzarse al mar. Los guardafronteras no harían nada por impedirlo. Todos eran libres de decidir su destino. Un día llegué a casa del Merca y dijo que debíamos hablar muy seriamente.

—Mira, gata, esto no hay quien lo tumbe, pero tampoco quien lo arregle, y yo no aguanto más, ahora que abrieron las puertas, vamos a hacer una balsa y que el último apague el Morro.

El Merca y sus amigos tenían planificada la embarcación. Siempre tuvo alma de marinero, pero a mí el mar me sonaba una cosa muy distinta al río Toa. Él quería que nos fuéramos a Miami y ahí empezar una vida diferente con la ayuda de los socios que habían llegado antes. Me senté a escuchar sus argumentos sin decir nada. Cuando terminó sólo agregué «Buena suerte». El Merca me miró muy serio, se agachó junto a mí y continuó con que él no tenía familia en Argentina y su única salida era ésa. Volví a decir «Buena suerte». Entonces montó en cólera, dijo que yo estaba loca, siempre había estado un poco trastornada, él me quería como no quiso a ninguna y a mí nada me importaba y siguió hablando, pero no quise escuchar más. Di media vuelta, dije «Buena suerte» y me fui.

Al otro día fue a casa. Hablamos mucho. El Merca me quería, yo lo sé. Decía que no quería abandonarme, pero no soportaba más este país. Yo lo escuchaba en silencio y por un momento tuve la impresión que no era a mí a quien hablaba. Estaba como hablándose a sí mismo y me parecía bien. Cada cual tiene el derecho de escoger su propia vida, y al Merca le gustaba la aventura.

Pasaron quince días preparando la balsa. Yo estuve en los preparativos y en las noches del cuartico acompañando sus sueños y en las borracheras de los últimos días y en sus miedos y en sus esperanzas y sus arranques de tristeza porque no quería acompañarlo. El último día se veía muy nervioso, yo estaba serena como casi siempre. Despedir era oficio que tenía bien aprendido. Esa noche no hicimos el amor. Él no podía. Se metió varios pases de merca, pero no quiso beber. Bromeaba todo el tiempo caminando de aquí para allá, dejándome sus libros y recuerdos. Yo le colgué al cuello un amuleto de viaje.

En la mañana vinieron a buscarlo y nos fuimos todos al malecón con la balsa a cuestas. La ciudad era un carnaval sin máscaras. Un verano de regatas. El circo de la suerte. El Merca me abrazó y preguntó una vez más si no quería irme. Lo besé en la frente y sonreí.

—Yo también mentí, gata, el primer día... Nunca existió aquella novia que se suicidó, eso lo inventé porque no creí tu historia y quise que te sintieras más confiada.

Sonreí y volví a abrazarlo. El Merca dio media vuelta y echaron la balsa al mar. Yo di media vuelta y eché a andar. No me interesó verlo alejarse, ¿para qué? La distancia hace que las cosas se vayan volviendo más pequeñas y no quise disminuir su imagen. Caminé entre la gente que despedía a los amigos y los nuevos balseros que se acercaban al muro. Todo me resultaba tan kafkiano que hasta daba risa. Pensé en aquello de las barajas ordenadas y entonces sí tuve que reírme. ¿Quién organiza las barajas? No lo sé.

A Cuatro la noticia no lo asombró demasiado. Preguntó cómo me sentía y dije que normal. Entonces quiso saber si en realidad yo amaba al Merca y no supe qué decir. En realidad no supe qué decirme a mí misma. Comenté otra cosa y cambié la conversación. Yo siempre hacía así y verdaderamente poco me importaba definir qué sentía por alguien que ya no estaría más.

—Estás demasiado insensible, flaca.

Eso me hizo gracia y sonreí agregando que para demostrar mi sensibilidad lo invitaba el domingo a comer en casa. Cuatro aceptó.

En octubre de ese año empezaron los mercados libres agropecuarios, así es que mi padre abandonó lo del taxi, que consideraba un poco peligroso, y se sumó a su cuñado para vender puerco que traían de Pinar del Río. Él estaba cada vez menos en casa porque trabajaba demasiado. Yo permanecía con Frida y Cuatro venía todos los sábados para ver las películas y contarme de su proyecto electrónico aunque yo no entendiera nada.

La última carta del Poeta que recibimos ese año fue muy divertida. Había cambiado varias veces de trabajo y tenía una novia cubana con toda la colección de discos de Silvio. Para Cuatro la carta fue todo alegría, nunca dije que también me dio tristeza. No sé por qué, pero inconscientemente esperaba que las primeras noticias del Merca llegarían por el Poeta. En Miami casi todo el mundo se encuentra, eso pensé yo. Luego preferí imaginar que había llegado a otro sitio, ¿quién sabe?, el mundo es misteriosamente grande si te lo propones. Lo cierto es que del Merca nunca llegaron noticias. Nunca se encontró con el Poeta. Nunca supe si el mar era mejor que el río. Si mis amuletos daban suerte, no lo sé. Decidí no esperar nada. En cualquier sitio que estuviera el Merca estaría metiéndose todo el polvo del mundo en la nariz, y eso me daba coriza.

Fotos en las paredes

... ¿cómo acabar con esta existencia anónima?, sólo hay dos personas, mi padre y él. El primero se fue y el otro se cortó las venas... Ya no hay sentido... ¿Cómo acabar con esta existencia vacua?...

El escrito no tenía fecha. Yo estaba buscando un libro en el librero de la tía, y cuando lo tomé cayeron al piso los otros. En uno de ellos encontré un sobre amarillo con varios papeles escritos en la vieja máquina. Además, había una foto de toda la familia, antes de yo nacer, mucho antes de aparecer mi madre. Estaban el abuelo y la abuela con los cuatro hijos pequeños, pero la tía se había encargado de dejar su huella. En la foto, en el lugar de las cabezas quedaba un agujero minuciosamente recortado, sólo se veían el rostro de la tía y el abuelo, que no era mi abuelo, pero me alegraba verlo por primera vez. El performance me hizo gracia. Detrás de esa foto había otra, imagino que serían Mamá, Papá y la tía, cuando Mamá vino a vivir a casa. Sólo se veía el rostro de la tía. Los otros también tenían agujeros en lugar de cabezas. La última foto era yo. Me asombró encontrarla porque no imaginé que ella conservara una foto mía de pequeña. Estaba yo, de unos diez u once años, flaquita como siempre, sentada en una esquina del cuarto de la tía, con un dibujo entre las piernas. Mi expresión era de quien es sorprendido. En las manos el papel y el lápiz. La cabeza levantada con los ojos abiertos. Tomé la foto y me paré frente al espejo. Seguía siendo la misma, los grandes ojos azules, los labios gruesos, el rostro pálido. En realidad nunca fui hermosa. La niña de la foto era yo y yo era la mujer del espejo. Cuando miro las fotos siempre me gusta imaginar qué pensaba la gente en el momento del flash, ¿qué pensaría yo?, ¿qué estaría pintando? Me llamaba la atención que la tía hubiera respetado mi cabeza. Sería tal vez porque era niña y los niños tienen la virtud de la inocencia, no sé. En el peor de los casos ella me descubrió como otro rostro anónimo y entonces decidió respetarme, ¿quién sabe?

Guardé todo en su sitio y salí. Yo también tenía mi altar, como la tía, como todo el mundo. En el cuarto de mi madre destiné una pared para mí. Allí estaba el poema de Paul y a su derecha la cruz de fotos. Mamá y Papá encima, separados por una distancia prudencial. Del centro hacia abajo venían el Poeta, Dios y por último el Merca. La posición de mis amigos la determinaba su caída como barajas en el juego de mi vida. Siempre me gustó que las cosas tuvieran un orden exacto, un equilibrio.

Por esos días veía poco a Cuatro. El trabajo absorbía totalmente al científico sobre todo después de la noticia, y la noticia era la posibilidad de que mi amigo fuera a España a recibir un curso relacionado con los aparatos que estaba diseñando. Era fantástico para él y para mí.

Yo pasaba los días como siempre. Encerrada entre libros y huyendo del mundo de allá afuera, con Frida de acompañante. Sospecho que a ella tampoco le interesaban los cambios en la ciudad. Con Papá iba de vez en cuando a visitar a la tía. Sólo que en los últimos tiempos él estaba bastante deprimido. Se quejaba porque pasaba casi todo el día en el mercado trabajando. Luego, vivir entre la casa de su mujer y la casa grande. A todo esto sumaba los viajes a Pinar del Río y entonces apenas quedaba espacio para ir donde la tía, que a veces nos recibía sonriendo, pero otras veces pasaba la tarde sin pronunciar palabra y esto era algo que a mi padre lo deprimía mucho más.

El último día que fuimos al hospital juntos, llevé los bombones y libros que había enviado mi madre. La tía se puso muy contenta. Hablamos mientras Papá se paseaba de aquí para allá sin querer aceptar el bombón que le ofrecía su hermana. En un momento que estuvimos solas pensé preguntarle por qué le había cortado la cabeza a Mamá, pero preferí callar. El silencio ajeno es inviolable. Cuando terminaron los bombones ella se puso a leer y no habló más. Papá estaba un poco ansioso hasta que comentó que era hora de partir.

De regreso manejaba callado. Antes de llegar a casa, desvió el carro y paró en el Cupet del Riviera. La venta de la carne parece que no iba tan mal porque compró cuatro cervezas y volvió a sentarse junto a mí.

—Yo tengo algo que decirte.

El hombre es un animal de costumbres. Cada vez que él debía decirme algo, compraba algo de tomar y nos sentábamos en el carro. El carro era como un territorio seguro. Abrí mi cerveza y me recosté. Me gustaba la cerveza de lata. Después de la despenalización del dólar y el inicio de los Cupet, uno podía sentirse como en las películas, con cervezas que hacen crichssss cuando las abres. Eso me gustaba: el sonido. Entonces Papá comenzó a decir que las cosas no iban bien. Su cuñado era un negociante y él tenía miedo de meterse en un lío. Su mujer estaba desesperada porque con el niño chiquito, la casa, el hospital y Papá de aquí para allá, todo eran dificultades. Así es que habían decidido cambiar algunas cosas.

—Hicimos pequeños arreglitos en la casa, ella va a dejar la medicina y vamos a abrir una paladar; claro que para esto tengo que irme a vivir para allá.

Ésa era la noticia. Papá se mudaba a Santo Suárez con la nueva familia. Yo bebí de mi cerveza, que no estaba muy fría, y lo apoyé. Me parecía lógico, o más bien me parecía extraño que no lo hubiera hecho antes. La felicidad ajena siempre es bien recibida. Papá como siempre revolvió mi pelo enmarañado y pidió de favor que no se lo contara a Mamá; no quería que ella tuviera una idea equivocada. Sonreí asintiendo y él comenzó a contar su proyecto de paladar.

Una semana después me di el lujo de comprar una botella de 7 *años* e invité a Cuatro a cenar. La pasamos bien, aunque a mi amigo no le gustaba mucho la idea de verme totalmente sola.

—Pero no estoy sola, estoy con Frida y contigo, que vendrás a visitarme.

De todas formas la idea no le gustó. Dijo que entonces me encerraría mucho más. Afuera pasarían las estaciones y los cambios sociales y yo me quedaría todo el tiempo adentro sin importarme nada. Pero a mí no me importaba nada. Cuatro tenía razón. Me importaba que el mundo partiera de mí misma, que se construyera de adentro hacia afuera. Me parecía como siempre que así era mejor. Saberse uno mismo y entonces el resto puede comprenderse. Cuando se está en medio de tanto desconcierto, vale la pena aislarse. Como ante los espejos, la imagen se bifurca, te separas un poco, un poco más y *voilà:* ése es tu rostro.

Después que Papá se fue, decidí cerrar los cuartos. Mi espacio serían los pasillos y lugares comunes de la casa grande. Del lado de allá de las puertas se conservaban intactos los mundos de los otros: la abuela, la tía, Papá y Mamá. El poema de Paul y mi cruz de fotos decidí colocarla junto al sofá. Allí dormíamos Frida y yo en las mañanas, con las ventanas cerradas. Las noches eran para estudiar, leer y escribir mis cuentos raros.

Papá abrió su paladar Delicias de Santo Suárez. Mamá comenzó a trabajar como asesora de un grupo de teatro en una escuela para niños con dinero, gracias a una amistad de su padre, porque ella apenas tenía currículum. Su hermana se enamoró de un trovador cubano que encontró dando tumbos en una noche fría. Alquiló un apartamento y se fueron a vivir juntos. La tía tuvo sus altas y sus bajas. Una vez al mes Papá la traía a casa, según lo acordado antes de mudarse.

El Poeta se peleó con su novia cubana, se enamoró de una pintora americana y decidió que su vida era la poesía, así es que, en la última carta que trajo Cuatro, contaba que ya no le interesaba seguir la universidad. Abandonó la cafetería donde trabajaba y fue con su novia a conocer ciudades diferentes.

El curso de Cuatro en España era en octubre. Nos estuvimos viendo los sábados en la noche, porque él venía a casa, comíamos juntos y veíamos las películas. Yo estaba contenta por él, pero saber a mi amigo tres meses lejos era algo que me daba una cierta cosita húmeda en el interior. Él quería que le escribiera cuentos como cuando Checoslovaquia. Siempre insistía y a mí me parecía que la correspondencia demoraría más que su regreso. El correo no es confiable de aquí para allá, así es que tendría que valerme de gente que viniera. Pero Cuatro insistía y yo aceptaba agregando que ya tenía un montón de cartas que enviarle. El último sábado, se apareció con una botella de ron. Cuando se acabaron las películas, se levantó y colocó en la grabadora un casete de Silvio viejísimo, de cuando estábamos en el pre. Volvió a sentarse junto a mí y sonrió.

—¿Todavía no quieres ser mi novia?

Me eché a reír bromeando, porque lo último que pudiera hacer yo era acostarme con un tipo que en lugar de «mi amor» dijera «mi circuito». Me levanté, serví un trago y continué bromeando.

—Yo me voy a quedar, flaca.

Volví a beber un trago largo y di la vuelta para observar a Cuatro que me miraba desde el sofá.

—Cuando vinieron los españoles envié cartas a unos amigos de mi papá que trabajan en la universidad, son científicos respetables y me van a ayudar; yo quiero ser un profesional de verdad, flaca, tú sabes que eso es lo único que me interesa, pero aquí no puedo; el trabajo está muy bien, sí, hay buenas condiciones, se come bien, pero cuando salgo a la calle, ¿qué?, es que siento que me engañaron; me dijeron «Puedes ir a la universidad y vas a ser dueño del mundo», me gradué ¿y luego qué?; me dijeron «Todo era mentira, ahora no serás nadie», y yo quiero hacer una vida normal, coño; estoy preparado para hacerla, con el sueldo de ingeniero ¿adónde voy a llegar?; se me quema el cerebro, flaca, y si no lo hago ahora me va a pasar como a mis padres: mucho conocimiento y están jodidos, pudriéndose entre el apagón y las decepciones, porque en mi casa no hay dólares, flaquita, ¿cómo coño vamos a vivir?

A mí se me hizo un nudo en la garganta y volví a beber. Cuatro se levantó acercándose para seguir explicando. Quería que lo entendiera y yo lo entendía. Lo entendía demasiado bien, sólo que no podía decirle que el nudo en la garganta no era por él. Era por mí.

—¿Te acuerdas cuando el Poeta?… Tú sabes que yo no quiero irme, lo único que quiero es ser alguien, no uno más, y si no lo hago ahora, ¿cuándo, flaca, cuándo?

Respiré profundamente, volví a servirme y me senté. Mi amigo me miraba esperando palabras, pero conocía mis silencios. Se sirvió y bebió de un solo golpe. Fue a su mochila a buscar algo y se sentó extendiéndome un sobre. En la foto estábamos los dos en la sala de su casa; fue el padre quien la hizo: Cuatro flaquito con sus horribles espejuelos de miope sin remedio y yo flaquita y despeinada como siempre. Sonreí. Luego había otra foto de él, moderna, ya no tan flaco y con lentes. Al final había un papelito amarillento. Lo abrí con la casi certeza y encontré las respuestas del examen de Física de séptimo grado, el único examen en que saqué el máximo. Sonreí.

—El Ruso lo tiró al piso antes de irse, pero yo lo recogí; en principio quería destruirlo porque era mi letra y eso era una prueba contra mí, pero luego lo conservé como recuerdo; tengo copia de las tres cosas, quiero que conserves los originales para cuando nos volvamos a ver.

Suspiré y me levanté diciendo que debíamos brindar. Apostaba a que Cuatro revolucionaría la electrónica moderna. Serví dos tragos y extendí su vaso. Él sonrió un poco triste, y se levantó. Brindamos. Entonces se quedó muy serio y dijo que si no quería irme a Argentina, porque no quería y basta, entonces podríamos casarnos, esperar a que él estuviera establecido y luego reunirnos en Madrid. Sonreí.

—¿Casarnos tú y yo?, Cuatro…, qué locura; mi madre que me vaya a Buenos Aires, el Poeta que si quiero irme él me saca y tú que Madrid, qué locura; menos mal que Dios no quiere llevarme a su nueva residencia…

Bajó la cabeza y yo volví a beber. Intenté hacer otra broma pero permaneció muy serio, sentado en el sofá con la cabeza agachada sobre una mano. En verdad estaba tan triste como él, pero la broma es el mejor antídoto que conozco contra el llanto. Me senté y coloqué una mano sobre su pierna. Cuatro me miró con una expresión muy rara. Tenía los ojos húmedos y su voz resultó una mezcla de rabia y paciencia.

—Sé que te va a parecer estúpido, flaca, pero me he pasado la vida enamorado de ti.

Lo abracé y sé que lloró en silencio. Esa noche pedí que se quedara. Fue la primera y única noche que dormimos juntos y no dormimos. La pasamos conversando de todo y haciendo planes para su futura vida. Cuatro se fue un día de calor, como casi todos los días de La Habana. Al aeropuerto fuimos los padres y yo, los únicos que sabíamos que el científico no volvería en mucho tiempo. Por un momento se me ocurrió que podía empezar a odiar los aeropuertos, pero ¿para qué? Los aeropuertos son aberturas para entrar y salir. A veces pueden ser el infierno y otras el paraíso, como casi todo. A partir de ese momento sólo quedaba la opción del paraíso, porque no pensaba que Frida también quisiera largarse. Cuatro sonrió, pidió una vez más que le escribiera los cuentos y me abrazó diciendo que me quería mucho.

—Yo también te quiero mucho, Cuatro, pero los amigos se usan por dentro.

De regreso a casa pasé en limpio la primera carta que enviaría a mi amigo. Yo había seguido escribiendo aquellos cuentos para él, sólo que saberlo cerca me impedía dárselos. Cuando terminé lo metí en un sobre y lo guardé. Entonces tomé su foto y la coloqué debajo de la del Merca. Cuatro era la última baraja de mi cruz. Frida se acercó ronroneando y la abracé contra mí. Curiosamente nunca había hecho una foto de mi gata. Eso era un buen presagio.

Último acto

Hace veinte años mi padre decidió irse a dormir a la sala por primera vez. Ahora es diciembre y la casa grande está vacía. Es madrugada. Lo mejor de la madrugada es el silencio. Yo deambulo como siempre con la luz apagada sin temor a tropezar porque conozco las sombras, éste es mi espacio.

A veces salgo a la calle con los audífonos en las orejas y camino. Del lado de allá crecen dos ciudades, una que se destruye como la casa grande y otra pintada de blanco y carteles luminosos. Todo es muy extraño. La gente camina y habla. Hacen colas o toman cervezas en los sitios pintaditos. Esperan la guagua o se montan en taxis particulares. Sudan pedaleando y las muchachas se aglomeran en los semáforos para coger botella. Todo es demasiado extraño. La gente sigue caminando y habla. Todo el tiempo hablan. Por fortuna no siento lo que dicen porque tengo la música en mis oídos. Una vez Mamá dijo que la música alta provocaba el aislamiento. Es al revés. El volumen es la solución del deseo. Yo quiero estar lejos. No quiero estar allí donde todos caminan y conversan y siguen caminando y tienen muchas cosas que hacer y se mantienen el día ocupados o no hacen nada

259

y se la pasan sentados en el contén. Prefiero la música alta. Es lo mismo.

Me pregunto adónde quiere llegar toda esta gente. ¿Cuántos silencios hay detrás de cada rostro? Del lado de allá sonríen y mueven los labios. Andan como un gran rebaño abandonado en la punta de la colina y que ya no sabe qué hacer. El problema de las ovejas es que se acostumbran demasiado a que las guíen. Todos son piezas dentro de ese conjunto que llaman «masa»: la familia, el pueblo, la co-lec-ti-vi-dad. Hay que asumir demasiadas máscaras para insertarse en el conjunto, y cuando algo falla entonces viene el caos. Así como en la casa grande. Las modas y el tiempo deterioraron sus paredes. ¿O acaso siempre fuiste eso?, una casa vieja con las paredes pintadas. Yo qué sé. A veces pienso que con una simple escala puede medirse todo. Una familia dentro de un apartamento. El apartamento en el edificio. El edificio en el barrio. El barrio en la ciudad. La ciudad en el país. Sí, definitivamente me basta una escala, siempre que se trate de conjuntos, claro.

Llegar a ser persona, decía Cuatro. Cambiar la vida, decía el Merca. Ver qué se inventa por el camino, dijo el Poeta. Por fortuna Dios nunca dijo nada; él bebía y hablaba de cosas agradables. No entiendo por qué la gente inteligente tiene que morirse tan pronto, mientras el mundo se va poblando de estúpidos que caminan y hablan todo el tiempo. Esta gente nunca va a cambiar. En realidad les importa todo tan poco como a mí, sólo que hay que asumir los personajes, porque si no ¿qué sentido tendría? La nada es una razón bastante suficiente, sólo que eso los demás no lo entienden y entonces hay que seguir el juego. ¿Cuál será mi papel? No lo sé, pero ya me inventaré una buena mentira para no representarlo.

Hace muchos días que no hablo con nadie. Soy un ser raro, lo sé. Mis vecinos deben pensar que soy una estúpida porque paso las noches escribiendo en la vieja máquina de la tía. Ahora me ha dado por escribir a máquina mis cuentos raros. Lo que no me gusta de la máquina es que rompe el silencio. Una vez la tía dijo que la maravilla de la música estaba en saber escuchar los silencios. Es verdad. Lástima que todos no lo sepan. Por eso las casas y las ciudades son armonías disonantes, cargadas de escalas que suben y que bajan y tríadas acromáticas y acordes disminuidos.

Pienso que en realidad lo que he buscado siempre es encontrar el silencio. Es un estado indescriptible. Uno se siente dueño de sí mismo, responsable de sí mismo. Individuo. Los demás que hagan lo que quieran y «buena suerte que te vaya bien». Si nos parece nos ponemos de acuerdo pero sabiendo que tú eres tú y yo soy yo. No trates de involucrarme en la comedia que no quiero representar. No quieras ganarme cómplice para no sentirte solo. La gente le tiene tanto miedo a la soledad que entonces inventan contratos y organizaciones y filiaciones de cualquier tipo para no hacerse responsables de su suerte personal. Yo soy responsable. Después del silencio, tendré que encontrar una nueva búsqueda.

Ahora me tiendo en el piso de la sala y dejo que el resplandor de la calle haga figuras en las paredes. No quiero escribir más. Del lado de allá de las puertas sé que nadie necesita mis oídos. Sólo hay una gata vieja que deambula con mi sombra. Sólo mi imagen y Frida, que como los muertos tiene el don del silencio. Frida me mira mientras le hago muecas con la nariz. Estamos frente a frente y ella asume posición de ataque. Dentro de unos segundos sé que va a saltar. Conozco de sobra todas sus costumbres y ella las mías. Dicen que los animales asumen las características de sus dueños, ¿no será al revés? Frida me mira con sus ojos azules y yo la miro con los míos. En el medio fluctúan cientos de horizontes que no precisan palabras. Ella sabe que muevo la nariz para llamar su atención y entonces se tira al piso y comienza a lamerse con total indiferencia. Lo que más me gusta de los gatos es que son independientes. Si quieren cariño, se te suben encima ronroneando o frotan su cuerpo contra tus piernas. Si tienen hambre, buscan la manera de encontrar comida aunque no sea la hora establecida por ti. Si quieren estar solos entonces ni te hacen caso. Y si los molestas, arañan. Los gatos son inteligentes. Son libres. Las personas tienen mucho que aprender de los animales, sólo que no tienen tiempo y por eso inventan los zoológicos. Es esa maldita manía de organizarlo todo. Poner cercas y semáforos para decir que todo marcha ok. A mí me gustan los gatos porque son libres. Un día pregunté a Frida qué era la libertad y se quedó callada. Dio media vuelta y se largó alzando el rabo. Entonces fue que entendí.

Me he pasado la vida observando cómo se mueven los otros para describir sus movimientos. Ahora en la casa grande sólo estamos Frida y yo. Ya no quiero escribir más. Me acuesto boca arriba y dejo que venga encima de mí para dormirse. La mejor cualidad que tenemos en común es el silencio. Sonrío. Entonces juego a hacer muñequitos con la sombra de mis dedos en el techo mientras tarareo un viejo tango, mis canciones de infancia, aquella que tanto me gustaba:

> *... que veinte años no es nada,*
> *que febril la mirada,*
> *errante en la sombra*
> *te busca y te nombra,*
> *vivir...*

Índice

El día 20 de octubre de 1999, un jurado compuesto por Enrique Vila-Matas, Joaquín Arnaiz, Agustín Cerezales, Eduardo Becerra y José Huerta otorgó *ex aequo* el V Premio Lengua de Trapo de Narrativa a las novelas *Silencios*, de Karla Suárez, y *La piel de Inesa*, de Ronaldo Menéndez.

La crítica ha dicho
de *Silencios*:

«... es el signo de los tiempos, de una generación que ve
destruirse —y esto la novela de Suárez lo retrata con
extraordinario acierto— el conglomerado familiar
y, por qué no también, el social.»
El País

«Los *Silencios* de Karla Suárez son los silencios del secreto
y el engaño. Pero también son los silencios del futuro.
Silencios de reflexión, en fin. De literatura.»
La Razón

«Sorprende la habilidad de la autora
para retratar lo cotidiano.»
El Cultural

«Karla Suárez tiene un indudable talento de narradora,
sabe contar bien una historia, con un lenguaje directo,
y entretenernos.»
ABC

«Contada con un lenguaje lúcido, claro y directo, cuya
enorme capacidad de atracción radica en su expresividad y
concisión. *Silencios* constituye el inicio de un viaje hacia un
revelador relato de la historia y la sociedad cubana de la
actualidad, un relato que cautiva a los lectores por el
dominio expresivo y estético de la joven escritora.»
La Gaceta de Canarias

«*Silencios* es una novela en la que la autora revela
La Habana de todos los días, sus lentas transformaciones,
las degeneraciones, la falta de perspectivas de la gente y de
los jóvenes, todo esto sin caer en la trampa del juicio.»
Il Messaggero

«Este libro es un himno a la libertad.
Pero no política, no literaria, sino interior.
La libertad de estar en silencio, la libertad de no hablar,
sólo de escuchar, la libertad de vivir el día sin objetivos,
sin preguntarse nada, únicamente aquello
que ocurre en un momento y llama nuestra atención.»
Black Diamond Bay

«Un universo de confusos colores,
descrito con una prosa fresquísima y rítmica.»
La Repubblica

«Su escritura es nerviosa, concisa, elíptica.
Una escritora ha nacido. Stop. Felicidades. Stop.
Esperamos la continuación sin temor ni dudas.»
Le Figaro Littéraire

«Reímos mucho con esta primera novela de Karla Suárez...
La pluma es directa, la mirada lúcida.»
Lire

«La esperanza de la literatura cubana es ella.»
Elle

«Karla Suárez es un emblema de los jóvenes escritores
cubanos de la diáspora: por una parte ligada a su país y anclada
en su realidad, y por otra, con la mirada desencantada
y psicológica propia de los autores occidentales.»
Livre Hebdo

«Con una escritura fuerte y sostenida, Karla Suárez observa el carnaval sin máscaras que ofrece una sociedad en caos. Ella describe, sin maquillajes, los vagabundeos existenciales de sus personajes, sus fracasos, la caída de los cuerpos a la nada. *Silencios* hace el retrato de una generación en plena crisis de identidad, y se impone como una primera obra tan eficaz como conmovedora.»
FNAC

«Novela impresionante por su estilo, pero también porque Karla Suárez (con sólo 30 años) demuestra con fuerza y, sin dudas, con clarividencia, que ser libre significa ante todo aceptar estar solo.»
Magazine Biscuit

«Simple y dinámica, su escritura sigue con tranquilidad el curso tumultuoso de un inicio de vida… El resultado pone a sonreír al corazón.»
Le Soir

«Historia divertida y brillante de la adolescencia, llevada por la fogosidad de una protagonista absolutamente encantadora.»
Ouest France

«El silencio referido en el título de esta novela es el silencio de las cosas que no se dicen, las cosas que se descubren y que sólo en ese momento se perciben tan fuertes…, de aquello que queda guardado en el pecho, como si permaneciera en un baúl donde se guardan joyas preciosas. Ésta es una de las mejores novelas que he leído en los últimos tiempos.»
Diario de Noticias